こんにちは！ 観察 VOL.2

桃園川緑道ワールド

きびのたくみ

湘南社

カバー画＝早野恵美

はじめに

中野へ引越してきてから、もう六年が経ちました。

物件探しの条件は、朝一番の新幹線にも飛行機にも乗れる、交通至便で手頃な価格の１ＤＫマンションというものでした。

最終的には、ＪＲ・東京メトロ東西線の中野駅から、徒歩十分くらいまでのところに絞りました。


探しているうちに、中野駅から少し南の中野通り五差路ちかくにある、桃園川緑道の素晴らしさの虜《とりこ》になってしまいました。

それが決め手になって、緑道からたった五十歩の現在《いま》の家にずっと住み続けています。

住み始めてから思い出したことが、一つだけありました。

船橋市の、土地五十坪の一戸建てに住んでいた頃のことです。

小さな庭の中でも、木だけで一年中なんとか花が見られるようにできないものかと、挑戦してみたことがありました。

奮闘努力の末に、宿根草なども加えてやっと出来たのですが、大満足というわけではありませんでした。

ところが、わずか五十歩のところにあるので我が家の庭のように思っている桃園川緑道には、百種類ちかくの木が植えてあって、一年を通して花の絶えることがありません。

三十五年も前から果たせなかった夢が、大した努力もしないで実現できたんです。こんなに幸運なことはありません。

おまけに葉の色や形もさまざまで、それが新緑・深い緑・紅葉・落葉・常緑と移り変わってゆきます。


でも私がいちばん感動したのは、皆様の予想を大きく裏切るものだったに違いありません。

多くの人が気にも留めないもの……………、それは緑道の両側の壇《だん》の、木の刈り込みです。

生垣《いけがき》状の刈り込みが中心ですが、同じ木々《きぎ》の刈り込みでも、同じ高さと同じ組み合わせで続いているところは一箇所もありません。

その中でも、圧倒的に数も面積も多く、植え込みのベースになっているのがサツキツツジ（五月躑躅）です。

ほかの木の刈り込みの基本は直立体ですが、サツキツツジだけは上の面がなだらかに波打っています。

この波打った丘のような曲面が、両側の建物や街灯の柱や道路などの、垂直と水平で成り立っている窮屈な空間に、柔らかさと豊かさを生み出してくれています。

もしも、このサツキツツジの刈り込みまでが直方体になっていたら、緑道は無味乾燥なものになってしまい、いまの家には住んでいなかったでしょう。

私が魅かれた刈り込みを、すこしだけお話ししましょう。

前の列がサツキツツジで、後の列にドウダンツツジ（満天星躑躅）を同じ高さに植えた刈り込みがあります。

その境目はリアス式海岸のように入り組んでいて、これはもう日本人である私には堪《たま》らなくよく響くアートです。

どうしてそんなに細かいところまで見ているのかと聞かれれば、答えはメインテーマが「観察」だからです。

つぎは、前列にカンツバキ（寒椿）を高さ・奥行ともに五十センチくらいに、後列にはアベリアを高さ一メートルくらいに揃えた刈り込みです。

アベリアは高さ二メートルくらいまで枝をぐんぐん伸ばして、一カ月も経てばカンツバキに枝垂《しだ》れかかってゆきます。

アベリアに白い花が咲くと、葛飾北斎の神奈川沖浪裏（グレートウェーブ）がありありと見えてきます。

ところが、上から下までアベリアでも、前の列がサツキツツジでも、グレートウェーブとは言えないんです。

陸上のスタートのような、スキージャンプの踏み切りのような、テーブルマウンテンのような刈り込みもあります。

私が気付いていない素晴らしい刈り込みを見つけたら、ぜひ教えてください。

この本は私のトークや会話などを編集したものです。

話し言葉で書かれていますので、ぜひ声に出して読んでみてください。そのほうが、腑に落ちやすくなるでしょう。

また、この本には写真もイラストも一切ありません。

あなたの脳の中にある、写真・映像・イメージなどを呼び出しながら、読み進めてみてください。

目・口・耳などできるだけ多くの身体感覚を働かせながら、じっくり読んでいただければ心に沁《し》みてきます。

さらに脳の中のイメージもしょっちゅう呼び出しながら、時にはイメージで行動しながら読み込んでいただければ、もっと沁みてきます。

沁みれば、長期記憶に貯えられるものが驚くほど増えてきます。

三十ページに一回くらいは、全身全霊で演じてみてください。

演じ切れないところが出て来た時には、旅がヒントをくれるかもしれません。

ジオの眼と歴史の眼は、荷物になりません。

それを携えて旅に出かければ、観察↓発見↓疑問のサイクルが回り始めて、旅の楽しさが倍増すること請合《うけあ》いです。


私の本の余白の多さには驚かれるでしょう。

そのことに安らぎを覚えられるかもしれません。

文字のある領域を図、余白を地とすれば、地と図の美しさを感じられたりもするでしょう。


そのように感じていただくことはとても嬉しいのですが、行の間はぜひ読者の皆様ご自身のお考えやイメージで埋めていただきたいのです。

そうすれば、読者の皆様と私とのコラボレーションで、一冊の本から百冊も千冊もの、いえそれ以上の本が生まれて来ることになるでしょう。

どれほど生まれて来るのか、たいへん楽しみです。

桃園川緑道ワールド ✣ 目次

第一章　桃園川緑道ワールド

一　桃園川緑道ってどんなところ?

桃園川という名前の由来は、徳川八代将軍吉宗に遡《さかのぼ》ります。武勇を好んだ吉宗は、五代将軍綱吉が廃止した、鷹狩りを復活させました。鷹狩りの時に将軍が休息をとる場所を「御立場《おたちば》」といいますが、その一つが現在の中野三丁目の小高い場所にありました。

吉宗がそこに立ち寄った時に、「この地に桃の木を植えたら美しかろう」と考えて植えさせたのがきっかけだった、と伝えられています。

以来、高円寺にかけての一帯に桃の木が植えられたために桃園と呼ばれるようになったようで、江戸名所の一つでもあったんですよ。

桃園川は、その麓《ふもと》を流れているから、そう名付けられたものです。

桃園川緑道は、桃園川を暗渠《あんきょ》にしてその上に造られた遊歩道ですが、全長四・二キロ（中野区二・四キロ、杉並区一・八キロ）もあります。

新宿区と中野区の境界になっている神田川を、大久保通りが跨《また》ぐ末広橋《すえひろはし》の袂《たもと》から、杉並区の阿佐谷《あさがや》けやき公園のすぐ近くにあるＪＲ高架下まで続きます。

その間、山手通り・中野通り・環七通り・高南《こうなん》通りなどの広い道路をはじめとして、数え切れないほどの細い道を横断してゆきます。

そのつど、むかし架かっていた橋の名前が表《あら》わされていて、その多さにまーあ驚きます。

それでも車もバイクも入れませんので、安全安心しかも静かで、散歩・ウオーキング・ジョギングや考えごとにも最適です。

夜になっても、ウオーキングやジョギングそれにワンちゃんの散歩で、人通りが絶えることはありません。

夏場は、夜のほうが昼間より人通りが多いほどです。

緑道の両側には壇が造ってあって木を植え込んでありますので、緑のトンネルのような趣になっているところが沢山《たくさん》あります。

とりわけ上流にあたる杉並区側では、道幅がだんだんと狭くなってゆきますので、緑のトンネルがより強く感じられます。

中野区側の壇は、赤レンガを積んで造ってあります。壇の高さは五十センチから六十センチくらいで、角《かど》は直角です。道路面はカラー（タイル）舗装で、昔の桃園川に棲《す》んでいた生き物や植物や竹取物語などの陶板絵が点々と施《ほどこ》されています。植え込みは木がほとんどです。

杉並区側の壇の高さは、道幅が狭いこともあって、中野区側の半分くらいです。白御影石（花崗岩の一種）を積んで造られていて、角は丸くなっています。自然石の上を平らにして、詩画などを表わしたものや彫刻を載せたものなどが、壇の中にどーんと組み込んであります。

中野区側よりも草花が多く、しょっちゅう植え替えられていますので、花が絶えることはありません。

道路面はアスファルト舗装です。

中野区と杉並区では、緑道の雰囲気がガラっと変わります。統一性がないといえばそうかもしれませんが、ここは考え所ですよ。全長四・二キロといえばけっこう長いんです。ずーと同じ造りだと間違いなく退屈してしまいます。

それぞれの区内では統一性のある空間が、全長四・二キロの中で二つに分かれているというのは、…結果オーライにも見えますが、巧《たく》まずしてうまくいっているとも言えるのではないでしょうか。

春、いちばん最初に咲く黄色い花はマンサク（満作）です。ほかの花に先駆けてまず咲くからマンサクとも言われるようですが、花弁が線状で細く花の色もオレンジがかっているために、印象が薄くなってしまいます。

次に咲く存在感のある黄色い花が、トサミズキ（土佐水木）です。葉を出す前に、透明感の強い花の穂を垂らします。フジ（藤）にはとても及びませんが、五〜六センチはあってなかなかのものです。

葉は丸っこいスペード型ですが、葉脈から葉肉が盛り上がっていて、なんとなく団扇《うちわ》を思い浮かべる人もいることでしょう。

秋の紅葉は、一本の木でも葉ごとに、さらに一枚の葉でも部分々々で、…緑から黄や赤や紫までとさまざまな色があって、日本の紅葉のすべての色が見つけられるでしょう。

トサミズキは、春の花・ユニークな形の葉・秋の紅葉と、一年を通して楽しませてくれる、私にとってはたいへん大切な木です。

桃園川緑道には、名前に因《ちな》んで桃の木も植えてあります。

桃の木は、桜とは違って枝が横に広がりませんので、樹形がカチっとまとまっていて花も密集して咲きます。

ですから桜ほどではなくても、花時《はなどき》になると一本一本の木の存在感はなかなかのものです。

花の色も白・ピンク・赤とさまざまで、桜とは違う楽しみ方ができます。

実《み》は果樹園のように摘果はしませんから、ピンポン玉大《だい》の実が木いっぱいになります。

秋に入ってやや黄色に熟してくると、それがバラバラと落ちてきます。

割ってみると、私達が食べている桃の種の、三分の二くらいの大きさのものが出てきます。実がピンポン玉大ですから、実のほとんどが種という感じになります。

この種から苗が育つかどうか試してみましたが、五個とも発芽しませんでした。

来年もう一度、試してみるつもりです。

緑道でいちばん多い木は、サツキツツジ（五月躑躅）です。上の面のなだらかな丘のような刈り込みが、緑道のどこにいても気分を穏やかにしてくれます。
さらに花時が長いので、五月から六月にかけては緑道中を紅紫色《あかむらさきいろ》に染めてくれます。

夏はムクゲ（木槿）とサルスベリ（百日紅）が目立っています。
どちらも花の色は変化に富んでいますが、純白か淡い紫が涼しげでいいですね。

冬はカンツバキ（寒椿）です。
枯れて寂しい時期に、赤い花と艶々とした緑の葉で緑道を彩《いろど》ってくれます。
実のなる木はそんなに多くはありませんが、それでも梅・桃・ザクロ（石榴）・

ボケ（木瓜）・カリン（榠樝）・柿・ムラサキシキブ（紫式部）・ミカン（蜜柑）・ピラカンサ・ナンテン（南天）などが、折々に目を楽しませてくれます。

鼻が良くはない私は、香りとは縁の遠い生活を強《し》いられていますが、それでも春にはジンチョウゲ（沈丁花）が秋にはキンモクセイ（金木犀）が、季節の始まりを教えてくれます。

緑道には野鳥もやってきます。

メジロ（目白）やハクセキレイ（白鶺鴒）やムクドリ（椋鳥）などです。

春先には囀《さえずり》を覚え切っていないウグイス（鶯）がやって来たりもします。

夜の散歩の楽しみは月です。

ほぼ一カ月周期で形を変え居場所を変えてゆく月ですが、両側の建物で狭《せば》められた空に架かる緑道の月は、額縁効果もあるのでしょう、くっきり見えます。
中秋の名月の頃になると、緑道の月も冴え渡ってきます。

昨年二月の大雪では、中野区でも杉並区でも十センチ以上積もりました。
東京二十三区では、十センチも積もれば大雪なんですよ。

そんな大雪の時に散歩に出かけるような物好きはいません。
いませんが、桃園川緑道ワールドの住人であり観察者であり発見者でもある私としては、雪景色を確かめるために出かけないではいられないんです。ゴム長を履いて。

雪が積もると、単純に見えがちな緑道の景色が一変します。
高い木の梢・中くらいの木・低い木・街灯などの、日頃は目立たない立体構造がありありと見えてきて、とっても新鮮ですよ。

雪囲いなど全《まった》くしていませんので、大きな枝が彼方此方《あちらこちら》で折れていて、痛々しさを感じたりもします。

足跡から、日頃は気にも留めていなかった人通りの多さ少なさが、はっきり分かります。

雪の日もまた楽しです。


枝が伸びすぎて歩行者の邪魔をするようになると、緑道沿いの方たちが剪定《せんてい》鋏《ばさみ》で切ってくれています。

夏場には、木や花に水をあげてくれます。

落ちた花弁《はなびら》が黄ばんで見苦しい時、落葉が溜まっている時、路面が汚れている時には、掃除をしてくれてもいます。

このような近所の方々の支えによって、緑道の美しさは保たれているんです。

二　桃園川緑道沿いの喫茶店

中野駅から徒歩十分圏の物件探しを始めたのは、二〇〇八年十月に入ってからのことでした。

環境や人の動きなどを、朝・昼・夜と二カ月ばかり観察しましたが、そのつど緑道を歩きました。

緑道の素晴らしさに魅《ひ》きつけられて、現在の住まい（中野区中央五丁目）に引越したのは、二〇〇九年三月のことでした。

それでもよく歩いているうちに、なにか物足りないことに気がついてきました。それが何かはっきり分かるまでには、少し時間がかかりました…………。緑道沿いには喫茶店が無かったんです。

もちろん緑道ちかくの大きい道には、カフェも喫茶店もあります。ありますが、いちど緑道から離れてしまうと、ずーと持ち続けてきた穏やかで豊かな気分が壊れてしまうんです。

せっかくのこの気分を持ち続けられるようにと、緑道に面した喫茶店ができることを強《つよ》ーく念じるようになりました。

待つこと二年、二〇一二年の二月にやっと、杉並区側の環七通りと高南通りの間に、「珈琲　木もれび」ができました。

木造二階建住宅の一階の一部を改装しただけですから、出来上がるまでほとんど気がつきませんでした。

小じんまりとしたなんか懐しい喫茶店ですが、待ち焦《こ》がれていましたので久々にガッツポーズが出ました。


緑道から店内までの庭は、下町の軒下のように鉢植えで一杯です。

鉢植えの芽生えや花や紅葉だけでも、四季が感じられるほどです。

最近その鉢植えの大集団のなかに、青い陶器の鉢が加わりました。中には水草とメダカがいます。

鉢植えのなかに、たった一つだけ水と生き物のいる鉢が加わったことで、鉢植え集団の感じが少しだけ動きました。観察人間の私らしい発見でしょうか。

でも言われなければ気がつかないほど、すっかり馴染《なじ》んでいます。

その鉢植えたちは、取っ換え引っ換え店内のテーブルの上に登場してきます。庭の鉢植えとテーブルの上の鉢植えのお蔭で、緑道にいる気分が続いているように感じられます。

緑道沿いから軒下まで大きく誘引したバラの枝には、ピンクの大輪の花がぽつんぽつんと咲きます。

夕暮時には、夕闇にぼんぼりが浮かんでいるようで、不思議な気分に浸れます。

「珈琲　木もれび」はＪＲ高円寺駅から徒歩五～六分、年中無休で八時半～十九時営業、ＴＥＬ　〇三―三三一五―一二三七です。

我が家は桃園川緑道四・二キロのちょうど真ん中あたりにあります。西側の阿佐谷けやき公園まで行って帰って来ると、ちょうど八千歩くらいになります。

東側の神田川まで往復すると七千歩くらいです。

東側にも喫茶店ができないものかと願っていましたら、……できました。

「珈琲　木もれび」から一年二カ月、「カフェ　モモガルテン」が出来たんです。

我が家から東へ、神田川に向かって暫《しばら》ーく歩いてゆくと、…緑道沿いでは珍しい純木造の、今にも崩壊してしまいそうな、古びた一軒家がありました。その家で、二〇一三年の初め頃から、目に見えてリフォームが進んでゆきました。

ピンと来ましたねー。

期待を持って聞いてみると、やっぱりカフェが出来るということでした。

工事は土・日だけでゆっくり進んでいましたので、大工さんや店の人とも言葉を交わすようになりました。

三月中旬の内装工事もかなり進んだところで、店内でコーヒーをご馳走になりました。

だから、私がお客さん第一号だと思っているんですよ。

「カフェ　モモガルテン」は、築七十年ちかい二軒長屋を〝再生〟をテーマにリフォームしたものですから、建物自体もけっこう楽しめます。

壁や間仕切りも取っ払っていますので、柱や梁《はり》が剥《む》き出しになっていて、素晴らしい観察の対象がたくさんあります。

天井も取っ払っていますので、夕立の時には日本瓦を打つ雨音がピシピシと響いてきて、またとない体験ができます。

緑道側の南向きの八枚の戸は、上から下まで全面ガラス張りになっていて、開放感にあふれています。店内が緑道と繋《つな》がっているようにも感じられます。

北側の出入口のドアも開け放っておくと、自然の風がよく通ります。何よりのおもてなしです。

夏も冬もエアコンはぎりぎりまで働かせていませんので、自然の風はけっこう長く楽しめます。

緑道と店の間のウッドデッキには、むかし懐《なつ》かしいモルタルのシンクが、台の上に六個ならべて置いてあります。

それが小さなビオトープになっていて、たくさんの種類の水草の中にメダカと金魚が住んでいます。

その金魚に、ドクターフィッシュ並みとはいかなくても、ツンツンと触わってもらいたい、なんて考えるのは私くらいのものでしょうね…………。

皆さん無理だろうと思われるでしょうが、やってみなきゃ分かりませんよ。

夏も冬もエアコンを使わない生活を、五年間も続けられている私としては、やってみないわけにはゆきません。

まず右手の人差指を、ちょっとだけそーと水に入れてみますが、金魚は藻の下へさっと隠れてしまいます。

それを一日に何回も何回も、飛び飛びにですが何日も続けます。

延べ十五日、期間にして三カ月くらい続けたところで、やっと逃げなくなりました。

次の一手は何だと思いますか…………。

そうです、エサです。

水に入れた人差指のそばに餌《えさ》を入れるんです。

金魚が浮かんだ餌を食べようとすると、どうしても口《くち》がコツンコツンと指に当たってしまいます。

でも食欲全開になると、指に当たるなんてことはぜんぜん気にならないようですよ。

これをしばらく続けていると、指を入れただけで金魚が近づいてきます。

時々、ツンツンと指をつついてくれるんですよ…………。

皆さんもやってみたくなったでしょう…………。

でもそれは無理というもんです。

金魚だってきっと、「一見《いちげん》さんお断り」なんですよ。

「金魚は人の顔の区別まで出来ないだろう」……。

もちろんそのとおりですが、指の皮膚から溶け出す物質の味や匂で、きっと分かるんです……。

ですから辛抱強く通えば、あなたも金魚とお友達になれるかもしれませんが、お店にきちんと断ったうえでの話ですよ。

私が「モモガルテン」でいちばん魅きつけられているのは、じつは店の前の柿の木です。

目を閉じてイメージしてみてください……。

古い農家の前に大きな柿の木が一本だけあります。

目を開けちゃ駄目ですよー……。

春には赤い花が咲き、秋には黄赤《あか》い実が熟《う》れ、冬には木守《きまも》りの実が一つ二つ梢で光っているというのが、私の中での典型的な里山の光景です。

街中で思いがけず里山のイメージを呼び起こしてくれる柿の木、この木がある限り、寒い冬でも私の「モモガルテン」に向かう足が鈍ることはありません。

「カフェ　モモガルテン」は、ＪＲ東中野駅からも東京メトロ・都営地下鉄中野坂上駅からも、徒歩十分ちょっとで、ネット環境も整っています。

ＴＥＬは〇三―五三八六―六八三八です。ＡＭ十一時～ＰＭ六時の営業、月・火・水定休で、金曜日のみＰＭ六時～十時が居酒屋タイムです。

三　桃園川緑道を歩いてみよう

さあ、それでは末広橋《すえひろはし》から阿佐谷けやき公園に向かう四・二キロの道程《みちのり》を、…いろんな観察をしながら、体験もしながら、ゆっくり歩いてみましょう。日帰り旅行にもいいですよ。

末広橋から眺《なが》める満開の桜（染井吉野《ソメイヨシノ》）はなかなかのものですが、一つ下流の柏橋《かしわはし》からの眺めは、もっとスゴイですよ。

桜の名所は神田川沿いにもたくさんありますが、柏橋から眺める桜は、緑道そのものや緑道周りの発見ポイントや面白ポイントと一緒に楽しめますので、「桃園川緑道ワールド」の構成メンバーとしてもたいへん貴重です。

ちなみに「桃園川緑道ワールド」は、私が作ったキャッチコピーです。


末広橋のすぐ傍《かたわ》らが緑道の出発点です。

ポールクロックのある小さな広場になっていて、散歩・ウオーキング・ジョギングや昼休みなどの休憩場所になっています。

お爺ちゃんが連れてくる芸達者なワンちゃんで、大ギャラリーが出来ることもよくあります。

近くのコンビニでお弁当を買って来て、夕方まで広場を観察してみたことがあります。いろんな発見があって飽きないですよ。


皆さんは、雀《スズメ》と鳩《ハト》の歩き方の違い、分かりますか?…………。

雀はアポロ宇宙飛行士が月面でしたように、両足を揃えてピョンピョン跳びますが、鳩は私達と同じように両足を交互に踏み出して歩きます。跳ぶ鳥と歩く鳥の分かれ目がどこにあるのかを発見された方は、ぜひ教えてください。

もう脱線してしまいました。危ない危ない。

この広場の右側（北側）には、「作詞　喜多條　忠／作曲　歌　南こうせつ」の、あの名曲『神田川』の歌碑《かひ》が控え目に建てられているんですよ。

歌碑の後側の椥筏《なぎいかだ》の薮《やぶ》を押し退《の》けて捜してみると、平成八年十月吉日、川田祥氏寄贈と読めました。

小さな歌碑ですが、二〇一四年には中野区認定観光資源になりました。その旨の表示板が、もっと控え目に立てられています。

歌碑の表示はワンコーラスだけですから、一緒に歌ってみましょう。

（ラララン　ラララン　ララララララン――はい）

貴方はもう忘れたかしら
赤い手ぬぐいマフラーにして
二人で行った横丁の風呂屋
一緒に出ようねって言ったのに
いつも私が待たされた
洗い髪が芯まで冷えて
小さな石けんカタカタ鳴った
貴方は私のからだを抱いて

冷たいねって言ったのよ
若かったあの頃
　　なにも怖くなかった
ただ貴方のやさしさが怖かった

あの頃、思い出しましたか？…………。
えっ、やめちゃダメ！
続ける‼…………。
はい、分かりました。

（ラララン　ラララン　ラララララララン――）

貴方は　もう捨てたのかしら
二十四色《にじゅうよいろ》の　クレパス買って
貴方が描いた　私の似顔絵
巧《うま》く描いてねって　言ったのに
いつもちっとも　似てないの
窓の下には　神田川
三畳一間の　小さな下宿
貴方は私の　指先見つめ
悲しいかいって　聞いたのよ
若かったあの頃　何も怖くなかった
ただ貴方のやさしさが　怖かった

（ラララン　ラララン　ラララララララン――――）

広場を出ると、すぐ右側に桃園川緑道の大きな看板があります。緑道案内図・桃園川の水源と名前の移り変わり・緑道の概要・四季の花ごよみの表示があります。

この表示で、中野区側の緑道の感じを把《つか》むことができます。

桃園川緑道は、桃園川を暗渠にしたものですからもう橋はないのですが、欄干や表示柱《ばしら》を作って、昔あった橋の名前を表《あら》わしてあります。

最初の田替橋《たがえはし》から戸井橋《といはし》にかけては、歩道の上に赤御影石の板でできた、長くて丸い大きなケンケンパーがあります。巨人用でしょうか?………。

広場から一五〇メートルばかり進むと、小淀橋《こよどはし》を過ぎた睦橋《むつみはし》の手前の右側に、身長よりもうんと低いサルスベリが並べて植えてあります。サルスベリの木は高すぎて、花の構造まではとてもじゃない見ることはできませんが、ここのサルスベリの花には十センチまでにだって接近できます。じっくり観察してみれば、きっと造化の妙に出会えます

戸井橋の次の立田橋《たったはし》を過ぎると、左側に塔山《とうのやま》小学校がありますが、ここのソメイヨシノの大木も花時には見事です。

山手通りを渡る時には長い信号待ちがありますが、その間に緑道を歩いて来た好《い》い気分がいったん壊れてしまいます。そうならないために私は、渡った後の緑道のイメージを順番に思い浮かべながら、信号が変わるのを待っています。とっても有効ですよ。

山手通りを渡ってすぐの右側には、サツキツツジを低く、すぐ後にドウダンツツジを高く、さらに後に同じ高さのサツキツツジを植えてあります。

刈り込み直後はサツキツツジが緑色に、ドウダンツツジは幹や枝の茶色に見えますが、…その境目では、渚で陸と海が鬩《せめ》ぎ合っているようで、見ていてあきることがありません。

ドウダンツツジの新芽が伸びてくると、境界線は目立たなくなりますので、ほんの束《つか》の間《ま》の光景です。

でも、ドウダンツツジが紅葉した秋には、たとえば三陸海岸を上空から眺めているようで、きっとあなたも共感してくれるでしょう。

山手通りから二つ目の東雲橋《しののめはし》の欄干のサクラの花と、さらに二つ目の宝仙橋《ほうせんはし》の紅葉《こうよう》のカエデのデザインは目立っています。

宝仙橋の次の金剛橋《こんごうはし》を過ぎると、左側に大きめの「宮前公園」がありますが、緑道沿いにはソメイヨシノの大木が一本あります。

公園の中には、さらにソメイヨシノの大木が四本ありますが、下枝を払って上に上にと伸ばしていますので、花時には大きな花のドームが見えて感動的です。

こんなソメイヨシノの姿はなかなか見られません。

周りにも大きな木が何本もあって、ドームの完成を妨《さまた》げていますので、枝の調整をうまく出来ないものでしょうか？

金剛橋の次の金渓橋《きんけいはし》を過ぎると、路上に陶板絵が始まります。

この陶板絵は杉並区との区境の西田橋まで点々と続きます。

まずは、金渓橋と慈眼堂橋《じがんどうはし》の間に、在りし日の桃園川とその土手にいた動植物が、アヤメ（菖蒲）・ホタル（蛍）・サワガニ（沢蟹）・フナ（鮒）・アヒル（家鴨）・スイレン（睡蓮）・ゲンゴロウ（源五郎）・ドジョウ（泥鰌）・アカトンボ（赤蜻蛉）・チョウチョウ（蝶蝶）・カワセミ（翡翠）・タンポポ（蒲公英）の順に登場してきます。

フナとアヒルの間の左側には、カンツバキを低く、後ろにアベリアを高く植えてあります。

何の変哲もない組み合わせに見えますが、アベリアの枝に白い花が咲いてカンツバキに枝垂れかかってくる六月から八月にかけては、…私には北斎・富嶽三十六景の中の、「神奈川沖浪裏」（グレートウエーブ）が見えてきます。

ゲンゴロウとドジョウの間の右側に、「カフェ　モモガルテン」があります。

ちょっと休憩して、店内の構造を観察してみましょう。

カワセミの右側には、サツキツツジを低く広く植えた中にクルメツツジ（久留米躑躅）が数本だけ高く植えてあって、枯山水の趣があります。そのクルメツツジが枯れかかっているので、早く植え替えて枯山水のイメージを保ってもらいたいものです。

次の慈眼堂橋を過ぎると、桃の木が始まります。昔の桃園はこの辺《あた》りから始まっていた、と考えられているようです。子供の絵のようなヘタウマの陶板絵もここから始まります。

カブトムシの陶板絵をすこし過ぎると右側に、緑道沿いではうんと魅きつけられる椿があります。

『最新日本ツバキ図鑑』（誠文堂新光社刊）で調べてみましたが、似ている花が多過ぎてずいぶん迷いました。

いまのところは「岩根絞」だろうと思っています。


三月の下旬から四月上旬にかけては、花が咲いたままの姿でストンと落ちる、落ち椿になります。

落ちても黄ばみが無く、咲いている時とちっとも変わらない美しさなので、手前のサツキツツジの低い刈り込みの上に、思わず五個も並べてしまいました。

気がついてくれた人がいて、二〜三日後には八個になっていましたので、さらに三個たして十一個にしました。

一週間ばかり経つと、最初の五個はさすがに黄ばんでしまいましたので、取り除きました。

残りの六個も黄ばんでしまった時には、最初に椿レターを出した者の務めとして、ぜんぶ取り除きました。

翌年には椿レターを始めてくれた人がいましたので、安心して私は手を引きました。

椿レター、ずっと続いてくれるといいですね。


次の仲園橋《なかぞのはし》を過ぎると左側に、ふたたび神奈川沖浪裏の刈り込みが二十歩ちょっと続きます。

緑道の中ではいちばん見事なグレートウエーブです。


次の北裏橋《きたうらはし》を過ぎると、右側に正行寺《しょうぎょうじ》の駐車場のブロック塀がありますが、緑道の中ではずいぶんと殺風景です。

たとえば、騙《だま》し絵的に緑道の風景を描いてみれば、きっと人気が出ます。

ボランティアを募れば、まちがいなく多数の応募者があるでしょう。

次の三味線橋《さみせんはし》で「うん？」と思われた方、手前右手に三味線橋の由来の陶板の解説があります。

現在の「もみじ山通り」は、新井薬師《あらいやくし》さんの参詣道の一つだったようですから、次回のお参りの時には桃園川緑道を歩いて、右折してもみじ山通りを通ってお参りしてみませんか。

昔のお参りの感じがすこしは味わえるかもしれません。

三味線橋（もみじ山通り）を越えると、その次の上町橋《かみちょうばし》まで、両側に「ヨーイドン」の形の刈り込みが続きます。

レンギョウ（連翹）・ハクチョウゲ（白丁花）・ヒラドツツジ（平戸躑躅）などいろいろです。

上町橋《かみちょうばし》↓箱堰橋《はこせきはし》↓御伊勢橋《おいせはし》↓上宮橋《かみみやはし》にかけて、陶板絵はかぐや姫から浦島太郎に変わってゆきます。

上宮橋を過ぎると、玉手箱を開けた「たちまち太郎はおじいさん」の場面がありますが、その右側にビルの建て替え待ちの空地《あきち》があります。ビルがありませんので、大久保通りから大型車輌の騒音が聞こえたり、車の行き交う姿が見えたりして落ち着きません。

ビルが建ち上がるまでは、刈り込みを一メートルばかり高くすることで、騒音を防ぐと同時に、緑道の景観も保ってもらいたいものです。

じつは、二〇一五年の初めからビル工事が始まりましたので、ここでは問題が自然消滅することになりました。

なりましたが、ビル建て替えは今後ともあちらこちらで起こるわけですから、刈り込みを少し高くする工夫は是非とも実行してもらいたいものです。

次に桃太郎の陶板絵が始まり、北畑橋《きたはたはし》まで続きます。

北畑橋から次の橋場橋《はしばばし》の間は、サツキツツジの山脈《やまなみ》のような大きな刈り込みが続いていていて、心地よい空間になっています。

左側は中野総合病院ですから、徒歩二～三分のところに住んでいる私にとっては、なにかと安心です。

橋場橋の手前右側の植え込みの中に、ヤマモミジ（山紅葉）が三本植えてあります。

もともと桃園川が流れている場所ですから地中の水分が多く、おまけに隣り合うビルが作る東南向きの三角コーナーに植えられているために、陽当たりがよく風も弱められています。

そんな特別な条件に恵まれて、中野区では一番最後まで見られる、しかも美しいモミジの紅葉になっています。

そのうちの一本は、新年を迎えてもまだ紅葉が見られます。二〇一五年は一月十五日まで見られました。

東京二十三区のモミジの紅葉は十二月初旬までですから、一カ月も長く見られたことになります。……スゴイでしょう。

次の桃園橋《ももそのはし》（中野通り）から宮園橋《みやぞのはし》までは、緑道のなかでも、曼珠沙華《まんじゅしゃげ》がいちばん多く見られるところです。

九月中旬にはいっせいに花を開いて、田圃《たんぼ》のある光景を思い出させてくれます。

秋のお彼岸に咲くからヒガンバナ（彼岸花）ですが、天上に咲くという曼珠沙華のほうが相応《ふさわ》しい呼び名ですよねー。

緑道の桃の木は、橋名表示《はしめい》の近くにパラパラあるという感じですが、桃園橋と宮園橋の間だけは十五〜十六本も植えられています。

花時はしっかり存在感を示しているのですが、それ以外はほとんど目立ちません。

植え足して三十本くらいにすれば、「ももはな通り」と呼べるのではないでしょうか。

そうすれば区の広報などでもＰＲして、みんなで〝通り抜け〟を楽しむこともできるでしょう。

桃園橋の次の公園橋《こうえんばし》を左へ曲がると、橋場公園があります。

なんの変哲もない小さな公園ですが、この公園にたった一本だけ大きなイチョウの樹があります。

ＶＯＬ．１『日本一のイチョウから』のカバーのデザインは、この一本のイチョウの樹から集めた落葉をもとにしているんですよ。

黒い線で縁取りをした小さな葉っぱに、気がついてもらえましたか?……。

恐竜が繁栄を始めた、三畳紀後期のイチョウの葉っぱの化石を象《かたど》ったものなんです。

化石の実物は、国立科学博物館(科博)の日本館三階北翼で見られますので、見に行きましょうね。


次の宮園橋で、平行して歩いて来た大久保通りを渡ります。

次は鳥見橋《とりみばし》ですが、この辺りから両側の家の樹の枝が緑道に張り出してきて、緑のトンネルの雰囲気が一段と高まってきます。

ヘタウマの陶板絵は、竹橋《たけばし》を過ぎ区境になっている西田橋までです。

竹橋・鳥見橋・公園橋・橋場橋・上町橋だけは、ひらがな表示が〝はし〟ではなくて、〝ばし〟になっているのですが、気は付かれましたね。

〝はし〟と〝ばし〟の違い、よーく観察してみると理由は推測できると思います。

慈眼堂橋から始まった桃の木は、西田橋を過ぎて杉並区に入ると急にすくなくなります。

中野区側のカラー舗装が二～三箇所で壊れているのですが、コンクリートで修繕してあるのは興醒《きょうざ》めです。何とかなりませんかねー。

末広橋までのアクセスです。

ＪＲ東中野駅からも、東京メトロ・都営地下鉄中野坂上駅からも、歩いて十分少々です。

新宿西口からの関東バス「宿05」中野経由野方駅行《のがたえきゆき》では、北新宿で下車し進行方向に徒歩三分です。


西田橋を過ぎると杉並区に入りますが、杉並区側の緑道入口は藤棚になっています。

藤棚を過ぎると、右側の白御影石の壇の中に、黒っぽくでっかい自然石がどーんと組み込んであります。

その石の上を平らにして、そこには、

桃が流れてこないか
気にしながら
大根を洗う
おばあさん

という詩画が陽刻で彫ってあります。
詩画が目立つように、底は白く塗ってあります。

このような詩画は、西田橋↓旧東山谷橋↓旧稲荷橋↓旧谷中下橋↓旧谷中橋と、ぽつぽつ続きます。

旧稲荷橋の手前左側に鈴木青果店があって、冬場には焼芋が売られています。
私はほっこり芋のほうが好きなんですが、現在《いま》はとにかく甘いのが人気なので、甘い芋しか扱わないんだそうです。
ほっこり芋は百山ショップでしかやっていないようですが、甘くてしかもほっこりしたのをもっとやってくれませんかねー。

ひたすら甘いのがいいというだけでは、あの肥満大国アメリカと同じじゃありませんか。
わたしたち日本人は、味覚を始めとして、もっともっと五感豊かに暮らしてきませんでしたか？………。

旧谷中下橋の手前右側には、

あめんぼは
水上散歩も

空中散歩も
得意

という詩画があります。


その詩画の上や近くに、三毛猫のいることがよくあります。

首輪をしていて、チビという名前と電話番号が書いてありますが、飼い主さんに聞いてみると女の子だそうです。

チビちゃん、現在でもとても可愛いのですが、子猫の頃は凄かったですよ。

登場すると忽《たちま》ち、「何だ何だ‼」と、驚くばかりの人集《ひとだか》りができていました。

チビちゃんは人懐《ひとなつ》こくて、緑道を歩いている人によく遊んでもらったり、遊んであげたりしています。

私もよく遊んでもらっています。

今年の四月、チビちゃんに五匹の子猫が生まれて、すくすく育っています。かーわいいですよ。

じゃれ合ったり、並んでオッパイを飲みながら眠っていたり、などなど終日《ひねもす》眺めていても飽きるということがありません。

子猫ファンのギャラリーは、一日中続きます。


昨年の十二月十五日、旧谷中下橋を渡った左角《かど》に、「紅茶専門店　オレンジペコ」がオープンしました。

東京でもそれほど多くはない、紅茶専門店がこの緑道沿いに出来たことに、ある種の勢いを感じてしまいました。

あと半年も開店が遅ければ、ＶＯＬ．２に登場してもらうことも無かったわけですから、なにかの巡り合わせがあったんでしょう。

「紅茶専門店　オレンジペコ」は、東京メトロ丸ノ内線東高円寺駅から徒歩三百メートル、九時から十七時営業、土・日休、TELは〇三―五九一三―八四五五です。臨時休業がありますので、遠方から御出《おい》での方はご確認ください。

この紅茶専門店オレンジペコと珈琲木もれびには、何でも自由に書けるノートが置いてあります。

〃桃園川緑道のここがスゴーい〃という発見をぜひ書きに来てください。

私は、発見したことの三割くらいしかお話ししていませんので、いくらでも見つかると思います。

旧谷中下橋から旧谷中橋にかけては、右側の民家のモミジも加えると、緑道のなかでも一番モミジが集っているところです。

十三本あると思いますので、もう十七〜十八本も植え足せば、「もみじ通り」と呼ぶこともできると思います。

品種を揃えて表示をしておけば、モミジへの親しみもうんと増してくるでしょう。

杉並区側には植え足して、「あじさい通り」としたい一画もあります。

高円寺橋《こうえんじはし》のところで環七通りを渡りますが、緑道を歩き続けてきた気分を壊さないためにも、「桃園川歩道橋」を通るほうがお奨めです。

環七通りを渡ると環七沿いに、「高南みどり公園」という小さな公園があります。この公園の中にジュウガツザクラ（十月桜）が一本だけあって、小さな白い花を咲かせます。

十月桜だから、十月だけ花を咲かせるのかというと、そんなことはないんですよ。十月桜はシキザクラ（四季桜）の別の呼び名で、ヒガンザクラ（彼岸桜）の一種です。

白か淡い紅色の小型の花を、十月頃から四月頃まで、冬中も少しずつ咲かせ続けるという珍しい桜です。

高南みどり公園を右手に見ながら旧中島橋を過ぎると、左側に「すぎなみ公園育て組　グループ名：高南宝扇会」という小さな看板が見えます。

右側には、「花咲かせ隊・この花壇は高南宝扇会B班の皆さんが管理しています。杉並区」という表示があって、たくさんの草花が一年じゅう咲いています。

このような活動が活発なために、杉並区側の緑道では一年じゅう鮮やかな草花が見られます。

ここを過ぎると右側に「珈琲　木もれび」がありますので、一休みしましょう。

旧西山谷小橋を過ぎると、左側の白御影の自然石の上にタイコウチ（太鼓打）を彫り込んである、黒くて平らな石を埋め込んだ彫刻があります。

このようなゲンゴロウ・タガメ（田鼈）・イトトンボ（糸蜻蛉）などの水生昆虫を彫り込んだ彫刻は、旧西山谷小橋→旧西山谷橋→旧西山谷上橋→旧氷川橋→旧氷川小橋→旧宝下橋（高南通り）→旧宝橋と続きます。

旧宝橋を過ぎると右側に、白御影の自然石の上を平らにして、二種類の金属でアサザ（莕菜）を象嵌《ぞうがん》した彫刻があります。

このようなウキクサ（浮草）・エビモ（蝦藻）・オモダカ（沢瀉）などの水草を象嵌した彫刻は、旧宝橋→旧八反目橋→旧八反目上橋→旧東橋→旧内手橋→旧馬橋と続きます。

旧馬橋を過ぎると左側に、白御影の自然石の上を平らにして、カラープラスチックでツバメ（燕）を象嵌した彫刻があります。

このようなコサギ（小鷺）・マガモ（真鴨）・オシドリ（鴛鴦）・セキレイ（鶺鴒）などの水鳥や里山の鳥の彫刻は、旧馬橋から旧宮下橋を経て旧西原橋まで続きます。

旧西原橋の手前から緑道出口までの左側には、ひまわりグループ・あおぞらグループ二〇〇七・桃園グループなどの花咲かせ隊の花壇があって、草花の美しさを競い合っています。

杉並区側には、このほかにも立体の彫刻がたくさんあります。

環七通りを渡り、珈琲木もれびや旧西山谷橋も過ぎると、右側の四角い石柱の上に、カッパ（河童）のブロンズ彫刻があります。

旧西山谷上橋と旧氷川橋の間の左側にも、アヒル親子の赤い石の彫刻がありま す。

旧八反目橋を過ぎると、右側の自然石の上に再びカッパのブロンズ彫刻が出てきます。

旧八反目上橋を過ぎると、左側にカワウソ（川獺）親子のブロンズ彫刻がありま す。

旧東橋を過ぎると左側に、魚を抱えたカワウソのブロンズ彫刻があります。

旧内手橋を過ぎると、右側の桜の巨木二本に続いて、身の丈よりもはるかに大きい、黒い石の現代彫刻があります。迷い猫の貼り紙があったりします。

旧馬橋を過ぎると右側に、たぶんタニシ（田螺）二匹の小さな黒い石の彫刻があります。

旧宮下橋と旧西原橋との真ん中あたりの右側に、サツキツツジに半《なか》ば隠れたタニシ二匹の小さな黒い石彫が、再び登場してきます。

さらに進むと、旧西原橋のすこし手前右側の植え込みの中に、下半分が隠れた黒い石の大きな現代彫刻があります。

旧西原橋には、親ガメと子ガメ二匹のブロンズ彫刻があります。

旧西原橋と緑道入口の真ん中あたりの右側に、三回目のタニシの彫刻が出てきます。

そして、杉並区側の緑道入口には、「桃園川緑道杉並区」と表示のあるかなりの巨石があります。

その上には、親ガエルと子ガエル七匹のブロンズ彫刻があります。

ここを過ぎてＪＲの高架下を通り抜けると、右手が阿佐谷けやき公園です。公園から、ＪＲ高架沿いの道をうねうねと四～五分歩いてゆけば、ＪＲ阿佐ヶ谷駅に到着です。

杉並区側の緑道はアスファルト舗装になっていますが、遊歩道にアスファルトではしっくりきませんよねー。

グリーンかブルーの赤外線反射塗料を塗れば夏もうんと凌《しの》ぎ易くなり、もっと緑道の道らしくもなると思います…………。

うんと費用がかかりますから、宝くじが当たれば寄付したいとは思っているのですが、……当たりませんねー。

杉並区側では、落葉する高い木の枝切りを少し控えて、刈り込みをもう少し高くしてみては如何《どう》でしょう。

夏場には緑のトンネルが出来上がって、もっともっと素晴らしい緑道になると思うのですが。


緑道を歩く人の姿が目立って多くなってきましたが、最近になって「〇〇〇歩こう会」ご一行様の姿もかなり見られるようになりました。

緑道の素晴らしさや価値が、認められてきつつあるということなんでしょう。

嬉しい限りです。


カバーの絵を描いてくださった、早野さんファミリーも歩いてくれました。

私も半分くらいは一緒に歩きましたが、小学校低学年の子が四・二キロもの長道中に耐えられるかどうか、という心配は杞憂《きゆう》でした。

陶板絵や彫刻や昔の橋の名前などを、オリエンテーリングのように楽しんでくれました。その後も何度か歩いてくれたようです。

「桃園川緑道いけるぞ‼」という自信が湧いてきました。

桃園川緑道、ブレイク寸前の予感がしています。

この本を読んでいただいた頃には、もうブレイクが始まっているかもしれません。

四　桃園川緑道ご近所での発見

阿佐谷けやき公園から、末広橋に向かって歩いてみましょう。

旧西原橋を過ぎると、左側の植え込みの中に「杉並区桃園川緑道」の案内図があって、周辺の地図や緑道の沿革が表わされています。

旧馬橋を右に折れてしばらく進むと、馬橋《まばし》稲荷神社があります。

旧馬橋から百歩くらいで右側にコンビニがあって、そこを右に曲がるのが近道ですが、お奨めはできません。

コンビニを通り過ぎて、さらに五十歩くらい進むと信号がありますので、その信号を右に曲がってさらに百五十歩くらい進むと、「参道入口（馬橋稲荷神社）」の看板があります。ここが正参道です。


朱塗りの大きな一《いち》の鳥居がありますが、そのすぐ後にもデッカイなーという石の鳥居があります。

その丸い柱には上り竜・下り竜が浮彫《うきぼり》にしてありますが、石の鳥居に竜の浮彫がある東京三鳥居のなかでも、いちばん大きいものです。

竜は、貼りつけてあるのではなくて、浮彫にしているわけですから、元の石材は大変な太さだということになります。

近くの高円寺にも、うんと小振りの竜の鳥居があるのですが、その訳《わけ》を知りたいですか？…………。知りたい……。

うーん……でも話せば長くなるので、止めます。

その訳をどうしても知りたい方は、神社にお参りして宮司さんに聞いてみてください。ほかにもいろいろと教えてもらえるでしょう。

馬橋稲荷神社でも売られている「すぎなみの神社お散歩ガイドブック」は、緑道歩きの参考になります。

東京三鳥居のもう一つは、品川区の品川神社にありますが、ここの竜の鳥居がいちばん古いそうです。

緑道沿いには、馬橋稲荷神社のほかにも東（新宿方向）に向かって、左側に高円寺氷川神社、右側に高円寺天祖神社、左側に中野氷川神社があります。

これらの神社は、どれも桃園川が削り出した緩《ゆる》い斜面の、湧き水の出るところに創建されたものです。神社はもともと、そんな湧き水に恵まれた場所に在るものですよね。


旧宝下橋（高南通り）を渡り、旧氷川橋を左折して道なりに進むと、右手に杉並区立高円寺中央公園が見えてきます。

公園に沿って進み、公園入口で左折すれば神社が見えます。旧氷川橋からは四～五分ですが、ＪＲ高円寺駅からは百メートルもありません。

それが高円寺氷川神社ですが、その境内の末社の一つに日本で唯一の、「気象神社」があります。

天気のお願いができる神社は、ほかにはありません。

ほとんどの人が「あーした天気になーれ」とお願いしてゆくわけですが、たまには「今年の冬は善い雪が降りますように」とお祈りしてゆく人もあるようです……。

旱魃《かんばつ》が心配な時には、雨乞いをしてみてはどうでしょう。心の安らぎはきっと得られます。

もし雨が降ってくれたらお礼参りが、そして翌年からのお参りも欠かせませんね。


旧西山谷橋を左折して信号を渡れば高円寺です。

杉並区教育委員会の解説板によれば、「……………………。かつてこの地は周辺に桃の木が多くあったことから桃園と称され、本尊は桃園観音、寺は桃堂の名で呼ばれていました。

当寺が広くその名を知られるようになったのは三代将軍家光の知遇を得たこと……………………」ということです。


参道のモミジの並木は、春の新緑・夏の一涼《ひとすず》み・秋の紅葉と季節々々《ときどき》に私達を癒やしてくれます。なかなかのものです。

緑道周辺ではいちばん大きいイチョウの樹もあります。

竜の鳥居もありましたね。


高円寺と、厄除祖師《やくよけそし》として有名な妙法寺とを軸にした長い円形の地域には、寺院が密集していていまでも寺町になっています。

江戸時代の後半に下町から移転してきた寺院がほとんどですが、歴史上の人物や有名人のお墓などがたくさん見つけられます。「おっ‼」という発見がきっとあります。

「オレンジペコ」のある、旧谷中下橋で右折してすぐの大久保通りを渡り、そのまま三百メートルばかり進んでさらに青梅街道を渡れば、「蚕糸《さんし》の森公園」があります。大きな公園です。

次のような横書の「おしらせばん」があります。

この公園は農林水産省の蚕糸試験場の跡地につくられた公園「杉並区立蚕《さん》糸《し》の森《もり》公園」です。

蚕糸試験場が、昭和五五年に筑波研究学園都市に移転したあと、昭和六一年その跡地に防災機能を備えた、公園、小学校、防災備蓄倉庫などが建設されました。

　蚕糸試験場は、明治四四年に設置され、蚕糸科学技術の研究を進め、世界の先端を行く蚕糸（絹糸、養蚕など）技術を開発しました。この業績は蚕糸業ばかりでなく、我が国の近代化と経済の発展に大きく貢献し、昭和五五年に筑波に移転するまでの七〇年にわたってこの地で、地域の人々に親しまれてきました。この公園はそうした歴史性を保存するための配慮がなされています。

　青梅街道に面した旧正門や旧守衛所を、公園の主要入口や公園管理事務所として修復・保存するとともに、この一帯には記念碑の設置や桑の木の植栽をするなど、蚕糸試験場の面影を残しています。

ここ蚕糸の森公園には、世界遺産になったことで観光客が殺到している富岡製糸場と同じように、我が国の近代化と経済発展を支えた、蚕糸試験場があったんです。

思い出してみてください。

日本中で蚕《かいこ》を飼い、絹糸を紡《つむ》ぎ、絹織物を織っていた時代が、つい此間《こないだ》までありましたよね。

ところが全国の養蚕農家は、ピークの昭和四年には二百万戸以上もあったものが、平成二十五年にはとうとう五百戸を割ってしまいました。

でも遺伝子組み換え技術を使えば、養蚕業新生の日が、うんと近い将来に迫っているようですよ。

蚕の蛹《さなぎ》を使えば、ニワトリの有精卵を使うよりも大量に短期間で、しかも卵アレルギーを起こさない、新型インフルエンザのワクチンを作ることが出来ます。

絹のフィルムには、傷の治療効果もあります。

このようなさまざまな特性を生かせば、医薬品や医薬部外品を数限りなく生み出すことができるでしょう。

クモの遺伝子をカイコに組み込めば、熱にも紫外線にも強くはるかに丈夫なクモ系シルクを作ることが出来るんだそうです。

夢の繊維もどんどん生まれて来るでしょう。


そのような絹のさまざまな研究が、筑波ではいまでも行われているんです。


ここ蚕糸の森公園には、街中《まちなか》では珍しい横幅の大きな滝があります。

もちろん人工ですが、杉並のナイアガラです。……そう呼んでいるのは今のところ私だけですが。

そして、この公園も街中でよく見られるように、周遊式日本庭園を模して造ってあります。

池泉《ちせん》や半島や景石《けいせき》のほかにも、遣水《やりみず》のようなものまであるのですが、…池の隅が直角だったり道がアスファルトだったりでやや物足りないのは、街中の公園の宿命でしょう。


でも朗報です。

最近とは言っても二〇一三年四月のことなのですが、世田谷区立二子玉川公園の中に、「帰真園」という本格的な周遊式日本庭園の現代版ができました。

しかも、多摩川源流から二子玉川までをテーマにした、縮景《しゅっけい》庭園です。

街中《まちなか》で本格的な日本庭園を味わえるのでお奨めです。

きっと満足してもらえます。入園無料です。

せっかく二子玉川まで来て「帰真園」を楽しんだのなら、ショッピングや食事も悪くはありませんが、「野川《のがわ》」の遊歩道ウオーキングのほうが相応《ふさわ》しいとは思いませんか。野川はここ二子玉川で多摩川に合流しているんですから。

ささやかな自然と在りし日の桃園川の面影を求めて、私はもう三回も帰真園と野川のウオーキングを、一日かけて楽しみましたよ。

三味線橋を左折して、大久保通りを渡りそのまま「もみじ山通り」を進むと、間もなく紅葉山《もみじやま》公園があります。

名前のとおりモミジが一杯ですが、もみじ山通り寄りに、滝壺のような地形が造ってあります。

池が四段になっていて、小さな滝が十本以上もあります。

モミジのトンネルの階段をいちばん下までおりてゆくと、大きな滝がぶつかっている岩から、しぶきが飛び散ってきます。

服が濡れるほどですから、マイナスイオンたっぷりなんでしょう。

滝音《たきおと》の　満ちて静かさ　沁《し》み透《とお》る　　たくみ

うーん、まだまだですねー。


滝の景色と枝垂《しだ》れ桜を見下ろせるように、なかのZERO本館に寄せて、二階の高さに歩道橋が造ってあります。

春は、桜とモミジの若葉と滝とで絶景です。

秋の紅葉の頃は、モミジの種類が多いので、もっと絶景です。

赤・オレンジ・黄にそれぞれのグラデーションがあって、松の濃い緑で一段と引き立てられています。

葉が落ち切ったあとの、モミジの繊細な枝振りも捨て難いですよ。

たまには小鷺《こさぎ》が飛んできて、夕暮れ近くまで一羽だけで池を歩いていることがあります。幽玄の風情があって別世界にいるような気分に浸《ひた》れます。

山手通りを渡って大久保通りに入り、最初の道を左折すると、中野氷川神社の鳥居が見えてきます。

中野氷川神社では特別な発見はないのですが、氏神様（地元の神様）ですから毎月早々にお参りをしています。

私は、正月三箇日だけで何百万・何十万という参拝者があるような、超有名な神社へお参りに行く気にはとてもなりません。

どんなに神威《しんい》の大きい神様でも、何十万人・何百万人の中の一人では顔も覚えてもらえないでしょうから、ご利益を期待するのは無理というものです。……そうでしょう。

毎月々々、心を込めてお参りをしていれば、氏神様はきっと願いを聞き届けてくださると思いますよ。私は中野氷川神社で、いくつかのお願いを叶《かな》えていただきました。

とは言っても、三箇日には百メートル以上もの行列が出来ますので、私の初詣はすこし落ちついてからです。

第二章　ひとりごと

❐「知るを楽しむ」では軽すぎます

「知るを楽しむ」…………とても良い言葉ですが、世の中は知ったつもりになっているだけで、じつはちっとも分かっていない人で満ちあふれているように見受けられます。

受身でいるうちは、「知った！」と思ってもそれは思い違いで、知識がただスルーしているだけではありませんか？

受け取ったものを、自分が既に持っているものに加えたり、持っているものと入れ替えたりしなければなりません。

受け取ったものを触媒にして、化学変化を起こさなければなりません。

定説のあるものでも疑問があれば異説を立て、ないものには仮説を立ててみたりしなければなりません。
そこまでやってみて、やっと身に付くのです。
知るということは、そういうことではありませんか。

❐多摩川の河口域で起こっていること

汽水という言葉はよく耳にすると思いますが、「汽水って何ですか？」と改めて聞かれると、きっちりとは答えられないですよね。

辞書を引いてみると、「海水と淡水との混合によって生じた低塩分の海水。内湾・河口部などの海水」などと書かれています。

でも、「あーそうか」で終わればあなたは「それだけの人」で、これからの成長は期待薄に思えるのですが。

では実際の多摩川河口域では、どんなことが起こっているんでしょうか？

海水と淡水では塩分濃度が違いますので、簡単には混じり合いません。

満潮になって海水が上がって来ると、河口では海水が淡水を押し上げて行きますが、上流に進むにつれて海水は淡水の下を流れるようになります。

そのため、海水と淡水の間にははっきりとした境目ができて上下二層になり、その境目はゆらゆらと揺らいで見えます。

河口では、海水が流れ込むことで川底に溜まった栄養分が巻き上げられると同時に、海からのプランクトンも運び込まれます。

するとそれを餌《えさ》にする小魚が集まり、さらに小魚を追って河口から十キロ辺りまでは、スズキ（鱸）やボラ（鯔）やアナゴ（穴子）などの海の魚が入ってきます。

スズキはさらに河口堰《かこうぜき》を越えて、小田急の登戸駅付近までアユ（鮎）を追っかけてやってきます。

スズキも私達といっしょで、アユが大好きなんですねー。

ではスズキはアユをどのように捉《とら》えているんでしょうか?…………。

スズキは淡水の中にずっと居続けることはできませんので、アユを捉《つか》まえる瞬間だけ下の海水から上の淡水へ急上昇し、アユを捉まえると下の海水へさっと戻ってゆきます。

多摩川の河口域ではこんなことが起こっているんです。

実際には、テレビなどの映像として見ることが多いのでしょうが、こんな観察と発見を経てやっと汽水が何かを掴《つか》むことができるんです。………ねっ。

❐ヒスイ（翡翠）の大珠はどう運ばれたか

縄文時代のヒスイの大珠《たいしゅ》についても、多くを学びました。

ヒスイの大珠の産地とされている、糸魚川地域の長者ケ原遺跡や寺地遺跡などを訪ねました。

完成品の大珠が発見された、三内丸山遺跡など数多くの縄文遺跡も訪ねました。

しかし、その大珠の完成品がどのように運ばれたかを論じてくれる人はいませんので、自分で仮説を立ててみるしかありませんでした。

もう何十年も前のことですが、黒部川が大氾濫を起こしたことがありました。土石流で日本海まで運ばれた流木が、およそ十日をかけて対馬《つしま》暖流に乗って陸奥《むつ》湾に漂着した、という記事を読んだことがありました。

長年《ながねん》、漠然と温めていたものが仮説となる切っ掛けになったのは、その黒部川の大洪水を思い出したことでした。

三内丸山集落を出た丸木舟は三人乗りで、二人で漕《こ》ぎ一人は見張りをして、明るいうちだけ航行します。

行きは交易をしながら長者ケ原まで向かいます。

長者ケ原ではレディーメードの大珠が十個ばかり用意されていて、その中から予算と相談しながら、いちばん気に入ったものを選びます。

帰りは交易などしないで、三内丸山まで驀地《まっしぐら》です。

昼間だけ漕いだとしても、十日くらいで帰り着けたのではないかと考えています。

この仮説には、その後の進展がありませんので、課題であり続けています。〝検索〟ですぐに分かった気になったりしないで、簡単には答えが見つけられない仮説をいくつも持ち続けている者が、「本当に知るを楽しんでいるんだ」と言えるのではありませんか？

❒侘び・寂は日本文化の粋か？

侘《わ》び・寂《さび》を日本文化の枠と信じて疑わない人がほとんどでしょうが、本当にそうでしょうか？

私も完全に否定はできませんが、侘び・寂は日本文化の一部を完璧に磨き上げたものです。

素晴らしすぎるものではありますが、日本文化の枠のすべてと原点がそこにあるとは言えません。

日本文化の原点は縄文にあります。

日本人が定説に囚《とら》われているうちに、日本研究の外国人から其《そ》のような異説を称《とな》えられてぎょっとする、なんてことも起こりえますよ。

日本人の皆さん、学者・研究者の皆さん、大丈夫ですか？

「お前は如何《どう》なんだ、異説を唱えるのか？」と聞かれたら、「現在《いま》は未だ分かりません」がとりあえずの答えです。

やりたいとは思っていますが、順番が来るのか、来ても出来るかどうかは、まだ分かりません。

❐銚子ジオパーク

「ジオパークいいかも‼」と思っている、そこのお嬢さんと元お嬢様と、（会場を見渡して）元々お嬢様にも………「銚子ジオパーク」がお奨めですよ。

首都圏では数少ない海沿いのジオパークで、イルカやクジラのウオッチングもできます。

ＪＲの特急で、東京⟷銚子は二時間とはかかりません。

銚子ジオパークはぜんぶ歩いても十キロばかりです。

銚子半島ではいちばん標高が高くて、「地球の丸く見える丘展望館」のある愛宕山でも、海抜わずか七十三・六メートルです。

ジオパーク全体が平らで、足に自信がない初心者でも大丈夫《だいじょうぶ》です。

岩場も多いので歩き易い靴で行きましょう。ウオーキングシューズよりも、トレッキングシューズのほうがいいでしょう。

「東洋のドーバー」と言われている屛風ケ浦は、高さが二十メートルから六十メートルもある海食崖です。波の浸食作用で出来ました。

十キロも続いているので、全貌はイルカ・クジラウオッチングの船の上からが、一番よく見えます。

でも酔い止めは忘れないでくださいね。忘れたら船会社で貰《もら》えますが。
その屏風ケ浦から削られた砂が西へ流されて、あの長ーーい九十九里浜が出来たんですよ。

銚子ジオパークでは、中世代ジュラ紀の約一億五千万年も前の岩石から、白亜紀前期・新第三紀そして現代を含む第四紀までの地層を見ることができます。

この銚子半島の中世代の地層は、大雑把《おおざっぱ》に言えば、関東平野の下に沈み込み関東山地で隆起しています。
そこにあるのが、舟下りで有名な長瀞《ながとろ》もある、秩父ジオパークです。

次は秩父ジオパークへ行ってみましょう。
このようにして次々と広げてゆけば、国内の三十ばかりあるジオパークも、気が付けば「残らず行っちゃいました！」なーんてこともありでしょう。

ジオパークへ行くなら、ぜひガイドさんに案内してもらいましょう。予約が必要です。

それぞれのジオサイト（ジオパークの見所です）には解説板もありますが、それを読んでもなかなか頭には入りません。

ガイドさんの解説を聞きながら、質問をしながら、世間話もしながら進んでゆくと、記憶に残ることがうんと多くなります。

銚子ジオパークでなら、お願いすれば一日に複数のジオサイトをガイドしてもらうことも可能でしょう。

私も一回はガイドしてもらいました。

二回目は、イルカ・クジラウオッチングをしたうえで、すべてのジオサイトを歩き切りましたよ。

ガイドさんと情報提供の依頼先は、銚子市役所ジオパーク推進室、ＴＥＬ〇四七九―二四―八九一一です。

ああ、そうでした。

銚子漁港が水揚げ日本一を競っているのも、銚子が日本有数の醤油醸造地になっているわけも、ジオの眼と歴史の眼でじっくり観察すれば、よーく分かることです。

❐世界文化遺産になった〝和食〟

世界遺産になったんだから、「和食のこと、少しは考えなおしてみよう」と思っているあなた、それは甘いですよ。甘いです。

日本列島の稲作は、紀元前十世紀後半〜前九世紀後半に始まっていて、最も遅い関東でも前三世紀〜前二世紀頃に始まったと推測されています。

そんな昔から私たち日本人は、米と野菜と魚介類を中心とした、量も控え目な和食で生きてきたんです。

そんな和食で体を作り健康を維持することが、私たち日本人のＤＮＡには深く刷り込まれているんです。

長寿だった沖縄の人達ですが、占領下の米国式食生活で、若い世代がすっかり短命化してしまったことをしっかり教訓としなければなりません。

私たち日本人にとっては、健康長寿のためにいちばん合っているから、和食が大切なんです。

スイーツだってそうかもしれませんよ。

砂糖や脂肪たっぷりのものだけでなく、季節感にあふれた和菓子と、すこしは入れ替えてみませんか。

お米のお菓子もどうですか。

❐「山椒」LOVE

山椒《さんしょう》がマイブームです、というのは正しくありません。

二〇〇九年に中野へ引っ越して以来、いちばんお世話になっている香辛料は粉山椒です。

インスタントのみそ汁やスープ、焼き魚に生姜湯、それにコーヒーやお茶など、新しい味と香りを楽しんでいます。

ピリッとした痺《しび》れ感が、たまりませーーん。

知ってましたか、季語としての山椒。

山椒の芽は春、花は夏、実は秋なんですよ。こんなに豊かな季節感を持った植物も、そうはありません。

フランス料理の本場でも生かされ始めています。いえ、もうブレイクが始まっているかもしれません。

さあ、あなたも今日から山椒党に入りましょう。

□肩パッドファッション

そろそろ、肩パッドのしっかり入った厳《いかめ》しいファッションが流行《はや》ってきたそうですが、日本女性には全く似合いませんよ。

小顔に見えるなどというのは大変な勘違いです。胴長が強調されてしまって、美しく見えるどころか、かえって見苦しくなっています。

流行に惑わされないで、厳しく同性を観察してみましょうよ。そうです、それがあなた自身の姿ですよ。私の言うとおりでしょう。

栄養状態が良くなって若い人達の手足はたしかに長くなりましたが、それでも胴長《どうなが》・寸胴《ずんどう》・曲足《きょくそく》・太足《たいそく》であることに変わりはありません。

それは扁平で彫りが浅い顔と同じように、氷河期に北方からやってきた祖先から引き継いだ、日本人のＤＮＡに由来するものだからです。

世界の流行がどうであれ、その時期にこそ、日本女性にぴったりのファッションを追求してみませんか。

洋服とも着物ともいえる（どちらとも言い切れない）ウエアとか、着物柄の服とかを、アパレル業界もユーザーも考えてみませんか。

オトナ向けの〝ｋａｗａｉｉ〟ファッションだって、ありじゃないですか。

それをよしとしてくれるファンがアジアにはきっとたくさんいます。世界中にもいるかもしれません。いろいろやってみなくっちゃー。

□ウオーキングを続けるには

「ウオーキングが体に良いことは分かっているんだけど、続けられないのよねー」

という人、手を挙げてみてください。

えー、ほとんどですか。やっぱりねー……………。

体調の良くない日は気が進みませんね。

梅雨前線や秋雨前線の時期もやりたくないですね。

台風の時まではやりませんよね。

一日でも休んだり、一万歩に届かなかったりするとやったことにはならない、というような完璧主義が足を引っ張っている気がしてなりません。

一日も休まず続けなければ意味がないのではなくて、一日でも二日でも、やればやったぶんだけ健康効果があると考えましょうよ。

私は週一日は休みにして、週六日の合計で六万歩を目標にしています。一万五千歩の日もあれば五千歩の日もありますが、気が付けば週七万歩も八万歩も歩いた、なんてことがよくあります。

この超過達成感がたまりません。継続の大きな力になります。足りなかった未達成だったと、自己嫌悪に陥《おちい》るのとは大違いです。

梅雨や秋雨で三日も四日も外を歩けないと、「ウオーキングやーめた」という人が多いようですが、そういう時には、自宅で台踏みをしてみましょう。

私は一二《いちにい》で台を踏み、三四五六で床を踏んでいますが、合計千歩で徒歩二千歩に換算しています。

テレビを見ながらやっていますので、いつの間にか出来てしまいます。

余談ですが、台踏みや筋トレをしながら見るテレビの内容は、よく記憶に残るんですよねー。

皆さんお一人づつ、自分なりの自分に合ったやり方ででウオーキングを続けてゆけば、いまよりもうんと健康になれますよ。


ウオーキングを三日続けて休むと、体重は増え、体脂肪率もＢＭＩも内臓脂肪率も驚くほど上がり、基礎代謝も骨量も下がります…………。

「たった三日でそんなには変わらないだろう」と思っているんでしょうが、それは甘いですよ。

宇宙滞在の初め頃、宇宙にたった一週間いただけで、宇宙飛行士は地球に帰還した時に自力では立ち上がれませんでした。

何故《なぜ》だか分かりますね……。

筋肉も骨もすっかり減ってしまったからです。
だからいまでは、宇宙滞在中に毎日、長い時間をかけて運動しているんです。

❐六義園の紅葉

二〇一四年十二月初めの午後に、文京区の六義園《りくぎえん》を訪ねました。
天気は良かったのですが、燃えるようなモミジの紅葉は見られませんでした。
「来てよかったねー。真っ赤な紅葉《こうよう》じゃないけどねー」「そうねー」までてした。
「どうして真っ赤じゃないのかしら?」まで進んで欲しかったんですけどねー。
では、なぜモミジの紅葉は、思ったほど赤くなかったんでしょうか?……。

二〇一四年の夏は雨が多くて日照時間も足りなかったために、東京の紅葉はどこを見ても鮮やかさが足りませんでした。

でもほかにも理由がありそうですから、私の仮説をお話ししてみます。

六義園は、和歌の趣味を基調にした「回遊式築山泉水《つきやませんすい》」の大名庭園です。和歌の趣味ですから、平安貴族の感性もたっぷり取り込まれているんでしょう。平安貴族が日々眺め楽しんでいた庭では、真っ赤なモミジが雅《みやび》な心には馴染まなかったのかもしれません。

もう一つは、江戸時代の園芸ブームが来るまでは、多種多様な品種がなかったからと言えるかもしれません。

モミジの紅葉といえば黄色がほとんどで、せいぜいオレンジ色まででした。

そういう状況を再現しているので真っ赤なモミジは植えられなかった、というのが第二の仮説です。

両方の仮説が相俟《あいま》っているのかもしれませんが、皆さんはどう思われますか。

私は、平安時代には未だ真っ赤なモミジが無かったから、の方に傾いています。


六義園では、しだれ桜に触れないわけにはゆきませんね。

人混みは出来る限り避けて生きている私でも、六義園のしだれ桜には、掻き分け掻き分け会いに行きます。

ライトアップされた姿も見事ですよ。

三月末から四月初めにかけての、私の年中行事の一つです。

❐中野の桃の木

ＪＲ・東京メトロ中野駅南口のロータリーには、桃の木が二十本くらいも植えられているんですが、皆さん気がつきました？

ロータリーから五差路にかけての中野通りにも、けっこうな数の桃の木が植えられているんですが、気がつかないですよね。

近所に住んでいる人でさえ、ほとんど気が付かないくらいですから。

それは花が咲いていても、落ちついて見ることができない場所に植えられているせいでしょう。

そこで、桃園橋から宮園橋までの一画に桃の木を三十本くらいになるまで植え足して、〝ももはな通り〟と呼んでみてはどうか、という案は既にお話ししました。

その他にも、公園の一つに桃の木をまとめて植えることで、江戸時代のように桃の花見ができるようにする、という案も考えられます。

そうすれば、ロータリーの桃の木も、中野通りの桃の木も、「桃園ルネッサンス」の活動も、もっともっと生きてくるんではないでしょうか。残念なことです。

❐朝顔が長く咲きました

ベランダの鳥除けネットに這《は》わせている、朝顔のアート。

二〇一四年は、左端から赤い花の帯と右寄りの青い花の帯だけにしました。真ん中はフウセンカズラです。

新作ではありませんが、何時《いつ》まで長く花を咲かせられるかに挑戦してみました。

プランターで育てていますので、肥料をきちんとあげて、なによりも水遣《みずや》りに気をつけると、小さくなってはいっても十一月下旬まで花を咲かせてくれました。

四月に種を蒔いてからですから、八カ月もの長いお付き合いです。

「明日《あした》はどうなっているんだろう？　手摺《てす》りまで届くかな、天井まで届くかな、花はいくつ咲くんだろう」などと期待しながら過ごす日々は、とっても楽しいですよ。

それをなんとも思わないという人は、感性が乏しくて創造性にも問題があるんではないですか。

日溜《ひだま》りに　咲き残りおる　朝顔かな　　たくみ

「うーん、日光の手前ですねー」………。「今市《いまいち》ですか?」「はい、イマイチです」

でも、季語が無くても季節感に溢《あふ》れたもの、作っていきたいですね。
季語はあるけれどもチクッと、時にはズキンと痛いものも作っていきたいですね。

ぼちぼちですけど。

❒サキュレント(多肉植物)

我が家にはサキュレントがいくつもいます。
最初は、直径四センチくらいの小さな素焼(テラコッタ)の鉢に入った、かわゆい奴でした。

六年たってもほんの一回り大きい鉢に植え替えただけで、ゆっくりゆっくり成長してゆくのがいいですね。

透けて見える緑色と、素焼の鉢とのバランスが絶妙な、…たった一つの小さなサキュレントが、ＬＥＤスタンドがあるだけの私の机の上の空間をすっかり変えてしまいました。

清少納言のいうとおりですね。小さいものは本当に美しい。

そういえば、北斎の「富嶽三十六景」のなかの小さな富士山も、いいですねー。

サキュレントは、サボテンと同じように乾燥と塩分の多い厳しい環境に適応した植物ですが、サボテン売り場で売られていてもサボテンの仲間ではありません。ぷにゅぷにゅなものが多くて、棘《とげ》はありませんもんね。

❐近い離島

長い休暇のとれる欧米の若者は、バックパックを背負って日本中の田舎《いなか》を旅してきましたが、彼等の次のターゲットとしては近い離島が有望です。

彼等はほとんどの日本人とは違って、ただの観光に来ているわけではありません。

自分の国ではできないさまざまな体験がしたくて、未知のものに挑戦したくて来ているんです。

古《いにしえ》の日本の姿には興味津々です。

彼等が求めているのは、単なる案内ではなくて、島での滞在環境や行動環境や触れ合いの機会を整えてくれることです。

彼等の希望に添うための島の人々との調整役がいちばん大切でしょうが、島を挙げての協力体制も欠かせません。

もし一人あるいは一組にでも満足してもらえれば、あとは口《くち》コミとネットで、どんどん来てくれるようになります。

国や行政に頼るだけではない、自ら取り組む観光立国の好例として、やってみましょうよ。

大学でも、地域貢献のテーマとして取り組んでみませんか。

手強《てごわ》いとは思いますが、遣《や》り甲斐《がい》は充分でしょう。

□リニューアルされた東京都庭園美術館

二〇一四年十二月、東京都庭園美術館で「アーキテクツ／一九三三／Ｓｈｉｒｏｋａｎｅ　アール・デコ建築をみる」展を楽しみました。

三年におよぶ休館をへての、久々の建物公開でしたから、大満足でした。

「建物公開」はリニューアル以前にも行われていましたが、なにぶんにも公開の期間が短くて、なかなかタイミングが合いませんでした。

もちろん展覧会の時には、会場の建物として見てはいたのですが、作品を見ることに集中するため、内装や調度にまでは目が届きにくいということがありました。見ることができる空間も制限されていました。

一方、アール・デコの展覧会も多くの美術館で開催されますが、建物や内装などは一部の復元模型や写真が提示されるだけで、調度もほんの一部が展示されるだけです。

庭園美術館の建物公開は、アール・デコ様式の建築は勿論のこと、調度や内装も含め、アール・デコを一体として見られる無二の機会ですが、認知度はいまひとつです。

今回のように、展覧会として毎年公開してみてはどうでしょう。

それだけの価値は十二分にあると思いますので、ご一考願えませんか、庭園美術館さん。

□美術館での手荷物ロッカーの〝バッタン〟

美術館や博物館で、手荷物ロッカーの扉がバッタンと閉まる音を、皆さんはどう思われますか。何とも思いませんか？

私はたいへん不快です。

〝おもてなし〟の心に照らしてみても、あのロッカーの扉のバッタンと閉まる大きな音は、鑑賞の場を提供する施設としては失格です。

雰囲気の打《ぶ》ち毀《こわ》しです。

そのことに気付かず、平気でいられる美術館などに対しては、展示の質まで疑ってしまいます。

私が知っている限りで最高のものは、パナソニック汐留ミュージアムのロッカーです。

鍵カードをセンサーにかざせば、その番号の扉が自動で開きます。

扉を押せば、小さなダンパーが付いているので、静かに閉まります。

すぐに切り替えることは難かしいとしても、ほんの少し手を加えるだけで、音はたたなくなります。

他の美術館でも早目に手を打って貰いたいものですね。

ところが今年の五月中旬のことです、「ルオーとフォーヴの陶磁器」展の入口で吃驚《びっくり》しました。

私の愛して止まない手荷物ロッカーのコーナーが閉鎖されていて、美術館の外に設けられた、無粋なコインロッカーを使えと言われるではありませんか。

ロッカースペースが手狭になったためか、他の理由があったのかは分かりませんが、…せっかくのコンセプトと技術が無駄にならないよう、さらに磨き上げて他の美術館をリードしてもらいたいもの、と心から期待しています。

❐美術館の絵の前で

美術館の絵の前のど真《ま》ん中《なか》で、長い間じーっと立っているオジさん、よく見かけますよねー。

自分がどんなに邪摩をしているかに気が付くような生き方を、してこなかったんでしょうね。きっと。

そんな時、皆さんはどうしていますか。

注意しますか、それとも戻って来て見直しますか。

私はこうしています。

彼の直前に並んで、絵の右半分に立ちます。彼は待っています。次に私が左半分に移ると、彼は右半分に立ちます。私が次の絵に移ると、彼は左半分に立ちます。

それを二~三回くり返すと、さすがの彼も気がつくようです。それでも駄目《だめ》なら、やんわりと注意をするしかありませんが……。

皆でこの〝ハーフルール〟を守れば、それが美しいマナーだという習慣ができれば、ど真ん中オジさんの問題は自然消滅ですね。

□本当に分かってる？

本を読んだだけで「分かった！」、話を聞いただけで「分かった！」は大間違いですよ。その程度の分かり方では物の役には立ちません。

やってみて、出来て、はじめて分かったと言えるのではありませんか。

では、言葉で伝える時はどうでしょう。

受け売りの話を借り物の言葉で話しても、なんにも伝わってはいません。

自分の体験や観察や感動に照らした言葉に置き換えて伝えることで、はじめて説得力や魅力が伴われてくるのです。

□片付けられないアナタへ

私も片付けられない方《ほう》でしたが、本を書き始めてからは、ぐんと改善しました。

最初は、草稿・書き直しメモ・原稿・初稿の訂正分コピーとかの捜し物がやたら多くて、…やる気まで損なわれてしまって、たいへん悔しい思いをしていました。

そのうち、必要なたびに大捜索をするよりはそのつど整理して並べておく方がはるかに早い、ということを体得しました。

整理術の本を読んだりセミナーへ通ったりする前に、次のことを試してみてください。

半年後には、あなたの身の回りは驚くほど片付いています。

一、定位置を決める。
二、使ったらそのたびに、定位置へ戻す。
三、床に物を置かない。
四、立面《りつめん》に掛けるか、中が見える棚に収納する。
五、布団や衣類を除いて、物はすべて目に見える場所に置く。
六、見えないところへ収納しなければならないようだったら、買うのを止める。

この程度のことさえ出来ない人が、いくら片付けセミナーへ通《かよ》っても、効果は全くありませんよ。

❐日々ミニ改善

冬のノーエアコン生活を始めた時には（3・11以前のことですが）、毛布二枚を十数箇所も縫い合わせた中に入って、さらにその上から掛布団を掛けて寝るようにしました。

毛布や布団が身体からずれたり、湯タンポを蹴り出したりして、…寒さで目が覚めたり風邪をひいたりしてしまう、なんてことが無くなりました。

とはいっても、毛布を洗濯するたびに縫い直すのは、面倒でたまりませんでした。

そんな時、カードリングを使って毛布を留《と》め直すことにすると、楽《らく》ーになりましたよ。

原稿を書く時なども、足が寒くて堪りませんので、毛布をリングで留めた筒の中にすっぽり入って、椅子に腰掛けています。

そのようにして少しずつでも日々改善を重ねてゆくと、一年も経てば、シンプルで流れるようにスムーズな生活が送れるようになりますよ。

□漢字とひらがなのバランス

漢字とひらがなの黄金比は、漢字3対ひらがな7と言われているようですが、ひらがなが多すぎて、意味がどんどん抜け落ちているような気がしてなりません。

漢字4対ひらがな6に向かって、読み辛《づら》い漢字にはルビを振るようにしています。

すらすら読めて、意味もきちんと取り込んでもらうには、それが一番と考えているんですが、どうでしょうか。

❐「、…」について

トークや会話の中では、どうしても句点と句点の間が長くなりすぎて、たまには息が続かなくなることがあります。

それでも文章を二つに分けたのでは、伝えきれない時があります。

そんな時、大きな息継ぎを示す場所として読点二つを横に並べた「ダブル読点」を使ってみようと考えていました。

そのことを話してみた時には、誰一人として賛成してはくれませんでした。

出版社でも、「ダブル読点」は別に作って指定の場所に嵌《は》め込んでゆかなければならないので、大作業になり、…さらに校正の度に多くの「ダブル読点」の場所が変わることになるのでリスキー過ぎる、止《よ》したほうがよいという意見でした。

結論は、句点と三点リーダーを続ける「。…」にしよう、ということになりました。それでも大きな息継ぎの場所を示すという目標はじゅうぶん果たせるのですが、「ダブル読点」が市民権を得る可能性を諦《あきら》めたわけではありません。

「、…」では大きな息継ぎをしてみてください。

しっくりくるでしょう！

❐「こんにちは」と「では」

『こんにちは！　観察ＶＯＬ・１　日本一のイチョウから』を送った時の手紙は、「こんにちは」で始まり、「では」で結ばれていました。

「こんにちは」が本のタイトルに掛かっているせいか、それほどの違和感は持たれなかったようです。

手紙を書くことが面倒臭いとか苦手とかいう人が増えています。

手紙の約束事が気になったり、それに囚われるのがイヤだ、というのが大きな原因になっているようにも見受けられます。

それなら、「拝啓」「敬具」や「前略」「草々」を、「こんにちは」と「では」に置き換えてみてはどうでしょう。

時候の挨拶に代えて、枕から入れば話もスムーズに進められるというものです。「こんにちは」「では」スタイルでも、手紙を書いているうちに、時候の表現や自然への関心も、ひとりでに入って来るようになりますよ。

キーボードでちょんちょんだけでなく、たまには全身で文字を書いてみましょう。気持ちいいですよ。

ロプロフィールについて

学歴や経歴を記《しる》していないのは、意表を突こうとしたからではありません。

著者についての先入観を持たないで、有りのままに読んでいただきたいからです。

「ＶＯＬ・１」では、主なイチョウとの出会いを記しました。

今回の「ＶＯＬ・２」では居住歴を記しました。

「ＶＯＬ・３」以降も同じですが、それらを繋げると、学歴や経歴からは読み取れない、生き生きとしたプロフィールが見えて来ると思います。

□「ＶＯＬ・１」の増刷について

ＶＯＬ・１『日本一のイチョウから』が増刷される見込みは、全くありません。

それでもなおベストな姿を求めて、手許の一冊に変更を加え続けています。

語句の変更から、部分的な削除や追加までです。

……さいわいに、行《ゆ》き付《つ》けの店にはＶＯＬ・１を置いてもらっていますので、店でもよく読み直していますが、その度に発見があってけっこう楽しいですよ。

❐「ＶＯＬ・３」をお待ちいただいている皆様へ

ＶＯＬ・３は『美術館では』の予定ですが、出版の時期は再来年（二〇一七年）になりそうです。

しばらくは、私の生涯〝最初で最後〟の、アート作品の発表準備に専念します。発表は二〇一六年三月七日（月）～三月十三日（日）で、九日（水）はお休みです。気が付かれましたね……………………。３・11から五年後というわけです。私のパフォーマンスと三十分トークもあります。たくさんの発見があると思いますので、ぜひ鑑賞《み》に来てください。

会場はトキアートスペースです。

住所は渋谷区神宮前三—四二—五　サイオンビル１Ｆ、東京メトロ銀座線の外苑前駅下車徒歩五分、ＴＥＬ／ＦＡＸ　〇三—三四七九—〇三三二です。

第三章　VOL・1　『日本一のイチョウから』四方山《よもやま》話《ばなし》

一　もうすこし読み込んでみましょう

前著ＶＯＬ・１『日本一のイチョウから』で、あなたが読み飛ばしたところには、こんなに沢山《たくさん》のコトやモノがありました。

一九ページ
自然界のイチョウは絶滅してしまったと考えられています。
では絶滅してしまったイチョウが、何故《なぜ》どのようにして、現在の日本や中国や韓国そして世界中に植えられているんでしょうか？

中国の長江《ちょうこう》中流域は、氷河期やその後の寒期でも気候の寒冷化が穏やかだったために、この地域だけでイチョウは生き残ってきたと考えられています。

西天目山《にしてんもくざん》が有名ですが、緯度でいえば種子島《たねがしま》や屋久島《やくしま》あたりです。

そのイチョウが、仏教伝来とともに日本に渡来しました。

十七世紀末には、オランダ船の船医として長崎出島に渡来したケンペル著の、『廻国奇観《かいこくきかん》』などを通じてヨーロッパに紹介されました。

十八世紀中頃からヨーロッパに、そして現在では世界中に植えられています。

五〇ページ

イチョウの葉っぱは、若葉の頃は裂れ込みが大きく、成長するにつれてそれが繋《つな》がり扇形に近づいてゆきます。

その話を聞いた時に、反対はないのかと疑問を持ちませんでしたか？

…………。

もちろん、ごく稀《まれ》にですがあります。

生花の素材にもなっている、モンステラという観葉植物の葉を見てください。

小さい頃はスペード型をしているだけで面白くも何ともないのですが、…大きくなるにつれて葉に穴が空き、それが段々と大きくなり、やがて大きな裂け目になって葉の縁《ふち》まで届きます。

私は、風通しを良くして黴《かび》などが付《つ》かないためだと考えているのですが、正解をご存知の方はぜひ教えてください。

人間の赤ちゃんの手はお母さんのお腹の中で、水掻《みずか》きのついたような丸い形から、水掻きの部分をプログラム細胞死させて人間の手の形になってゆきます。

六六ページ

「称名寺《しょうみょうじ》の山号は、キンタクザンと読むんですよね」とそれとなく確認してくれた友人がいました。

その通りなんですが、キンタクザンと読んでしまえば話はそれっきりです。

キンタクサンと読むから「金《きん》が沢山《たくさん》」で、大きなご利益を感じられるというものです。

五十代の人でも、ほとんどがキンタクサンと読んでいます。

もっと若い人はみんなキンタクサンですから、通称キンタクサンでご利益たっぷり、それがいいのではありませんか。

八二ページ

もしも、千年後に強風か落雷かで、「北金ヶ沢の大イチョウ」が倒壊してしまうと、いったい何が起こるでしょうか？

クローンイチョウは既に樹齢千年を超えていて、親イチョウ（現在の北金ヶ沢の大イチョウ）の大きさに近づいてきています。

その時、宇宙人が地球の定時観察に来たとすると、何が起こるでしょうか？

「あーれー！　大イチョウちょっとだけ動いてないかい？　それにちょっと小さ

くなってないかい？」なーんてことになるんでしょうか。

九八ページ・一三二ページ・一四五ページ

鶴岡八幡宮の元《もと》「隠れ銀杏」については、根株からヒコバエをぜんぶ伸ばして、市川市八幡《やわた》の葛飾八幡宮にある千本公孫樹《せんぼんいちょう》のように育てるべきだ、という考えを述べました。

ですが、この本は鶴岡八幡宮へは送っていません。反発を買って逆効果になるのが落ちだろうと考えたからです。

私の考えに共感してくれる人が現れて、その旨を伝え説得してくれれば話もうまく進むかと考えているのですが、いまのところそんな様子はみられません。

大室山・玉川寺についても同じです。

共感していただいた方には、ぜひ行動を起こしていただきたいと願っています。

私は手に負えないほど多くの、提案や問題提起をしています。
出来るものから解決に取り組んではいますが、とても手が廻りません。
ぜひ解決に力を貸していただきたいのです。
成功すれば、それはあなたの功績です。私は気がついただけですから。

一〇三ページ
一行目の〇〇〇〇〇の中には「バカヤロー」が入ります。
でも、神様にバカヤローと言う訳はありませんよね。
いったい誰に向かって言っているんでしょうか。庭師さんでもありません。
さー、いったい誰に向かってバカヤローと言っているんでしょうか？

一二一ページ

ノーエアコン生活については、とくに夏については、「よくやるわ。でも私には無理、無理」「無駄な挑戦だよ」などと、軽く受け流したでしょう。

でもねー、「闘う前から逃げるな！」と言いたいんですよ。

夏三日、冬三日でいいから、やってみてくださいよ……。

やってみて、出来なくて、どんなにスゴイ挑戦だったかが、やっと分かるんです。

その上で、ＶＯＬ・１をもう一度、読み直してみてください。

お笑いとか失敗談とかも、和《なご》みのためだけにやっている軽い話ではないんです。

削れる話、無駄な話は何一つないんですよ。

余談ですが、ノーエアコン生活で我が家は、六畳一間だけでも夏・冬それぞれ月千円くらいの電気代節約、という経済効果がありました。

一四一ページ
西福寺開山堂の天井一面の彫刻、ずーと見上げていると首が疲れてしまって長くは続けられません。

どうしたらよいと思いますか？

私は拝観者が途切れた時を狙って、床に大の字になって、じっくり観察しました。

でも、しばらくすると五～六人くらいの一団がやって来て、一瞬「ぎょっ」として立ち竦《すく》んでしまいました。

すかさず「皆さんもどうですか。寝っ転がって見ると楽ですよー」と声をかけてみました。

やがて全員が寝っ転がって天井を眺めているという、二度と見られない光景が出現していました。

一四九ページ
いろいろと注文を付けましたが、この本を一番最初に蔵書にしてくれたのは、金沢文庫の図書室だったんです。
鎌倉時代のお経に狭み込まれていたイチョウの葉っぱの展示については、空気に触れさせないために特殊な樹脂加工などが必要になるでしょう。

かなりの費用がかかるでしょうから、宝くじでも当たれば寄付したいと考えているんですが、……当たりませんね。

一五〇ページ

称名寺を東国の正倉院と呼ぶことについては、いまではもう無理かなとは考えています。

考えてはいるんですが、称名寺が古文書発見ブームの魁《さきがけ》だったことを知ってもらいたくて、ついつい話してしまいました。

と思っていたら、今年の七月二日（木）～九月二十七日（日）の予定で、「東の正倉院　金沢文庫」展が、神奈川県立金沢文庫で開催されることになりました。東の正倉院としての復活でしょうか。

月例講座でも関連として「東の正倉院―金沢文庫」が、七月十二日（日）十三時三十分～十五時で行われることになりましたので、もちろん申し込みました。応募者多数のため、抽選で敢《あ》えなく落選してしまいましたが、…その通知状の中に、同じ内容で同じ日の十時三十分～正午に、追加の講演が行われる旨の案内がありましたので、喜んで参加しました。

ＶＯＬ・１では、金沢文庫にいくつかの注文を付けましたが、このような行き届いた心配《こころくば》りも金沢文庫にはあるんですよ。

二　読んでもらうための努力と工夫

できるだけ多くの人に読んでもらいたくて、「私のイチョウたち」を訪ねてもらいたくて、あらゆる努力と工夫をしてみました。

本の中に僅《わず》かでも登場してもらった博物館の図書室には、持参して蔵書にしてもらいました。

神奈川県立金沢文庫、国立科学博物館、国立歴史民俗博物館と東京都美術館です。

登場してもらったイチョウ所在地の図書館にも寄贈しました。蔵書になっていると思います。


四十七都道府県庁所在地の、中心的図書館にもすべて寄贈しました。

さいわいにかなりの図書館で蔵書にしてくれましたが、「取り扱いについては、ご一任くださいますようお願いいたします」という図書館もけっこうありました。

また、本を受け取った旨の礼状の宛先が、難波様方きびのたくみ様ではなく、難波方となっている館が十館以上あったことには、たいへん驚きました。

あなたの館は大丈夫ですか？


東京都立中央図書館には収蔵方針に合わないと断られてしまいましたが、地元の中野区立中央図書館と、練馬区立貫井図書館には、持参して蔵書にしてもらうことが出来ました。

練馬区立貫井図書館でも最初は断られましたが、理由は意外なことでした。著者のサインがあるのは、落書きを認める印象を与えてマズイとのことでしたので、サインのないものと交換して収蔵してもらいました。

私は著者のサインのあるほうが親しみが湧いてよいかなと思ったのですが、図書館によって事情もいろいろのようです。


巨大都市の図書館では、礼状さえ寄越さないところもありました。理由を聞いてみると、それが決まりだから礼状は出さない。二年間保管後に処分するなんて話もありました。

一般社会ではあり得ない、無礼で浅はかな振る舞いですが、図書館ムラではこんなことが罷《まか》り通っているんですね。……驚いたでしょう。

「寄贈希望が多すぎて付き合いきれないんじゃないの」とか、「それなりに忙しいのよ」とか、思いやりを示す人もいます。

しかし、本当にそうなんでしょうか、それだけなんでしょうか？

現状を前提にしてそれに安住しているから、よりよいサービスを提供しなければという責任感や向上心がないから、そうなっているんではありませんか。

もしあなたが同じような仕打ちを受けたらどうですか。私憤（私の憤り）ではなく公憤として、変えさせたいとは思いませんか。

このように考えてみてはどうでしょう。

決まりだからという図書館ぐるみの手抜き仕事に疑問を持って、やっぱりおかしいと気がついた担当者がいたとします。

その人はきちんと礼状も出してくれます。蔵書になればなったと、ならなければ本活扱いになる予定などと、状況を知らせてくれます。そうなればとっても嬉しいですよね。

そうすると、決まりどおりの手抜き仕事しかやっていないあなたは、いてくれないほうがよくて、ほかの人にやってもらいたくなります。それでもいいんですか？

現状を変えようとする人が、図書館の中からも出て来てくれることを信じています。

出版後一年が経ったところで、礼状さえ寄こさなかった館や、礼状が来ただけの館については、…蔵書になっているのか、本活に回っているのかなどの現状を、往復葉書で確認しています。

ネット社会では意外な方法と思われるかもしれませんが、効果は絶大でしたよ。

あれっ、私達まちがっているんじゃないのと気付き始めている人や館が、はっきり見受けられます。

すこし脱線してきましたので、いずれきちんと整理してからお話ししたいと考えています。

岩手県立図書館とは、こんな遣《や》り取《と》りがありました。

時下ますますご清祥のこととお喜び申し上げます。

さて、このたびは貴重な図書資料をご寄贈いただき、誠にありがとうございました。厚くお礼申し上げます。

なお、ご寄贈いただきました資料の活用方法につきましては、当館に一任していただきたく存じますのでご了承願います。

という定型の礼状のいちばん下の段に、次のような追信が添えられていました。

追信

せっかくご寄贈いただきましたが、当館の選定基準により、残念ながら貴書については該当しないものとさせていただきました。

寄贈した本の運命はきちんと知っておきたいという、著者の気持ちを察してくれている稀《まれ》な担当者だと好感を持ちました。

同時に選定基準も知りたくなりました。

当館で定める「岩手県立図書館資料選定基準」のうち「天文学、地球科学、生物科学、植物学、医学等に関する資料は、入門書や最新の学術研究をわかりやすく解説したものを中心に選定する。」を基準として検討いたしましたが、残念ながら適合しないと判断いたしました。

という旨の回答がありました。

図書館の役割は、優《すぐ》れた本を探し出すことにあるのではなくて、専門資料や多くの利用者が求める本を用意することにあるようですから、寄贈した私の本が収蔵されないことがあっても、それはそれで仕方がないことなんでしょう。

しかし、分割・分析だけではなくインタージャンルで総合・融合しなければ何事も解明できない時代に入ってきているわけですから、ほとんどの図書館で選定基準の洗い直しが必要ですよ。きっと。

とは言っても、岩手県立図書館の決定が今さら履《くつがえ》るものでもありませんので、送った本を生かすことを考えてもらいました。

県下の図書館に聞いてみてくれると、十五館からもの寄贈希望があったとのことで、どの館に決めるかの選択を求められました。

そんなに多くの館から望んでもらえたならと、十五館全館に寄贈させていただきました。

都道府県別では多くても二～三冊のところ、岩手県だけが思いがけず十五冊と突出して多い状況が出来てしまいました。これも何かのご縁なんでしょう。

十五館のうちの野田村立図書館からは、被災後に日本および世界各地からの支援を受け、二万五千冊を超える蔵書ができた旨を報せてくれる礼状が届きました。

そんなことがあったのかと、驚きもし嬉しくもありました。

山形県立図書館からは、こんな添書をいただきました。

貴重な御著書を御寄贈いただき、誠にありがとうございます！　荒倉のイチョウについてこんなにもページを割いていただき感無量です。素晴らしい御縁があったようで何よりです。私もイチョウが黄金色に染まる頃ぜひ訪れてみたいと思います！

著者としては嬉しい限りです。

山形県立図書館といい岩手県立図書館といい、形式的ではなく日常にも流されていない仕事振りに出会えて、ずいぶん励まされました。

鶴岡市大山の出羽ノ雪酒造資料館では、こんなことがありました。

「明日、荒倉のイチョウ林へ行くんですよ。はるばる東京からですから、物好きでしょう」という話を売店でしましたら、「荒倉様には私もよくお詣りに行きます」という話が返ってきました。

すっかり寂《さび》れているように見える荒倉神社への私の認識が改まり、きちんと調べ直す切っ掛けになりました。

そのことを添えてＶＯＬ・１を送ったところ館長から、荒倉のイチョウ林が市の天然記念物に値することをじゅうぶん認識した旨の礼状が届きました。

早く天然記念物になってくれると嬉しいですね。

登場してもらったイチョウの、地元の観光課などにも送りました。

日本一の「北金ヶ沢の大イチョウ」の地元である深浦町と青森県にも送りましたが、反応は捗々《はかばか》しいものではありませんでした。

深浦町へ電話をしてみましたが、評価を上げる気には全くならないとの回答でした。本がきちんと読まれることは無かったんだろうという気がしています。

青森県でも似たようなものだったんでしょう。

生あるものは生まれた瞬間から死に向かって行きます。

人が作った組織や仕組みなども、作られた瞬間から時代に合わなくなり、三年も経てば見直しが必要になります。

常に新しいものと取り替え、あるいは新しい価値を付け加えてゆかなければ存在価値はどんどん失われてゆきます。むしろ邪魔物になっているほうが多いようにも思われます。

現状をこれでよいのかと問い続ける姿勢がまったく無いように見えるのは、お役所仕事という組織風土のせいなんでしょう。

他の県や市町村などでも同じようなことなんでしょう。

わが町のイチョウの素晴らしさに気付かせてもらって有り難う、などというような連絡も一切ありませんでした。

自分たちからみれば見慣れたものであっても、他者の目でみれば素晴らしいもの・掛け替えのないものがまだまだたくさんあります。

もっと積極的に教わったらどうですか。そういう努力をしないのは怠慢ですよね。

ところが、大人の休日倶楽部の旅行企画・実施に当たっている、びゅうトラベルサービスはさすがでした。

「万年の時を越え謎めく東北縄文遺跡群〜古代人が生きたみちのくの旅」というバスツアーに参加した縁でこの本を送ったところ、日本一の「北金ヶ沢の大イチョウ」の価値は、すぐ理解してくれました。

近いうちに、青森（東北）バスツアーに組み込まれるかもしれませんよ。

行《ゆ》き付《つ》けの喫茶店や理髪店、クリニックや薬局などにも置いてもらいました。

「珈琲　木もれび」では、テーブルの上にも置いてくれました。

すると、自然に手が伸びて読んでくれる人がでてきます。

だんだんと折れ目がつき、本の厚さが目につくようになってくると、「読まれている感」が際立《きわだ》ってきます。

すると、行列効果と同じでしょう、きっと面白いに違いないと、ますます読まれるようになります。

テーブルに置かれてから半年くらいで、蔵書にしたいという人も、ぽつぽつと現れるようになりました。

店頭や書架に置いてあるだけでは、あまり読まれていないようです。


取引のある銀行や証券会社などの金融機関にも、店頭の読み物として置いてもらえるよう依頼をしました。

予想どおりぜんぶ断られてしまいましたが、たった一つの銀行だけがＯＫしてくれました。

「きびのたくみ」というペンネームの口座を作ってもらったことは大きかったか

もしれません。新しいお客さんは、どの業界でも大きな魅力のあるものですから。

とは言っても、全店統一という形式的な判断しかできない状況のなかで、その銀行には現場裁量の余地が多いのではないか、地域密着愛がより高いのではないかと、好感と期待感を高めました。

なにか相談をしてみようかな、という気にもなりました。


いつも一冊は持ち歩いていました。

たまたまイチョウの話で盛り上がった時には、差し上げて読んでもらいました。

その人の話にすごく共感できた時にも、読んでもらいました。

百観音明治寺の境内で出会った、江戸文化歴史検定一級合格という人にも読んでもらいました。

いまの住まいを購入する時お世話になった住販会社の担当者にも読んでもらいました。

バスツアーで三日間も続けて隣りになった人や、東北縄文バスツアーの添乗員さんにも読んでもらいました。

とにかく、わずかでもご縁があれば差し上げて読んでもらったのですが、反応は悲しくなるほど乏《とぼ》しいものでした。

出版社あて葉書の、ご意見・ご感想欄にでもいいから書いていただけると、とっても嬉しいものですよ。

それでも、読んでもらいさえすれば、十人に一人はイチョウに強い関心を寄せてくれて、二十人に一人は、「私のイチョウたち」に会いに行ってくれるものと信じて、渡し続けてきました。

日本がうんと景気が良かった頃に、美大を卒業しているわけでもなくアートを生業《なりわい》としていたわけでもない私が、なぜか八十回を超える現代美術系の個展の企画に関わってしまいました。

当時、美大卒業後まもない若手作家には、発表の機会がありませんでしたので、…銀座などの貸画廊で、週二十万～三十万円もの会場費を払って、年一回の発表を続けるのが定番になっていました。

そこから、企画画廊や美術館学芸員や評論家などの目に留まって発表の機会ができ、ステップアップしてゆくというコースが何となく出来上がっていました。

私が、影のキュレーターとして企画を手伝った画廊やプライベートミュージアム（個人でやっている美術館）は、銀座から見れば周辺や遠隔地にありましたが、…それでも期間が一カ月と長く会場費も要らなかったわけですから、何よりも発表の機会ができたわけですから、若手作家たちの応援にはかなりなったと思っています。

発表してもらうかどうかを決めるには、三年から五年もかけていました。発表後も、個展の案内があれば見せてもらいに出掛けていましたので、移動時間も含めれば五十時間から百五十時間までもという、長《なが》ーいお付き合いになっていました。

そんなお付き合いですから、二時間もあれば読み通せる私の本を受け取った作家たちは、…間違いなくキチンと読んでくれるに違いないと思い込んでいましたが、それは大変な勘違いだったことを思い知らされました。

若いといっても四十を過ぎた作家たちの大半から、感想はおろか本を受け取ったという連絡さえありませんでした。

手紙世代とメール世代の違いでは片付けられない、強い違和感を持ち心配にもなりました。

気持ちのゆとりがなく心遣いもできなくなってしまった、厳しい世代の生き様を垣間《かいま》見たような気がしました。

お前はどうなんだと切り返されたら、いまはきちんとやっているよと答えることになるでしょう。

私がこの本に込めたさまざまな試みや、行間に込めた思いに全く気が付かないとすれば、彼等彼女達の創造性や感性の鏡もすっかり曇ってしまったのかもしれません…………。

私はM大学博物館友の会の会員にもなっています。

その会員にも読んでもらうために、あわせて会員を増やすことに躍起《やっき》になっている友の会に、…会員を大切にする姿勢がどれ程あるのかを見極めたくて、書状を送りました。

友の会には事務所がなく電話もありませんので、書状かＦＡＸでしか連絡がとれなかったためですが、結果は残念なことになってしまいました。

私の友の会への依頼が非常識だったのか、友の会会長の振る舞いが無礼・無思慮だったのかを、事実だけに基づいて皆様に判断していただきたいと思っています。

二〇一四年四月二十三日

レターパックライト便で、『日本一のイチョウから』二冊を添えて友の会あてに書状を送りました。

文中で、会員に読んでもらうための機会づくりや方法についての教示を依頼し、併せてM大学のF教授へも書状と一冊を渡してくれるよう依頼しました。

二カ月間、連絡も回答もありませんでした。

二〇一四年六月二十六日

友の会会長親展のレターパックライト便で、四月二十三日状の状況確認と連絡・・・・回答を乞う旨の書状を送りました。

『日本一のイチョウから』も同封しました。
この時点では、窓口担当者が握り込んだために起こった事態だろうと考えていました。

さらに二カ月間、応答がありませんでした。

二〇一四年九月六日
講演会途中の休憩時間に、四月二十三日状および六月二十六日状のコピーに『日本一のイチョウから』を添えて、状況確認依頼の書状を会長に手渡しました。帰り際に捉《つか》まると、「本はF教授に渡してある」旨の一言だけで、封筒ごと突き返されました。

二〇一四年十月三十一日

私が会長であれば、たとえば次のように遅滞なく返信をして、長期間の放置はしなかったであろう旨の一文も添えて、経緯についての連絡・回答を促しました。
「友の会会員に読んで貰うための機会づくりについては、会としてのご協力は致しかねますが、F教授には本は確かにお渡しておきました。ご了承ください」

二〇一四年十一月四日
午後七時頃、会長から電話がありました。
高圧的な態度でまくし立てるばかりで、当方の話を聞く耳は全く持ち合わせていませんでした。

二〇一四年十二月十二日
友の会あてに、以上の客観的事実を整理したうえで、全国の読者にどちらを可とし否とするかを問いかけてみる旨を書状で通知しました。

文章にして整理し、冷静な判断をしたうえで、文書での連絡・回答をするようにも求めました。

その後は一切の反応がありませんでした。

何冊も送った『日本一のイチョウから』の返却もありませんでした。

こういうことも起こりますが、十回働きかけても上手《うま》くいくのは一回くらいのものと覚悟していれば、へこたれることはありません。

膨大な数の働きかけをしましたので、それなりの実りもありましたが、その数倍もの「成功の種になると思われる未《み》成功」を、現在でもたくさん持ち続けているんですよ。

あとがき

〝桃園川緑道ワールド〟を、私が作り上げようとしている訳ではありません。ワールドは既に存在していたのですが、気が付いてくれる人がほとんどいなかっただけのことです。

この本を読んでいただくことで、緑道に気づき、緑道を歩き、桃園川緑道ワールドを楽しんでいただければ、こんなに仕合わせなことはありません。

この本を書いている間《あいだ》は、ワールドは私の手許《てもと》にあったのかもしれません。

桃園川緑道の素晴らしさは、機会あるごとに伝えてきました。

友人・知人に歩いてもらい、輪も広がってきました。

緑道ワールドにアートの雰囲気を持ち込んでもきました。

それでも、出版されると状況はガラッと変わるでしょう。緑道は自分で歩き出し、緑道と関わりのある人達は緑道との付き合いを深めてゆくでしょう。

緑道を歩きに来てくれる人達が、新しい視点や文化を持ち込んでくれることで、ワールドも変わってゆくことになるでしょう。

ワールドの行方《ゆくえ》は誰にも分からなくなり、誰もコントロールできなくなるかもしれませんが、どう展開してゆくのかはとても楽しみです。

私もワールドの一員として、行方を見守ってゆきたいと考えています。

日本音楽著作権協会（出）許諾第 1507768-501 号

●著者プロフィール

きびのたくみ

1942年　岡山県に生まれる。

住所歴　岡山市北区
京都市東山区
京都市左京区
兵庫県芦屋市
奈良県北葛城郡上牧町
東京都目黒区
千葉県市川市
千葉県船橋市
東京都中野区

こんにちは！ 観察 VOl.2　桃園川緑道ワールド

発　行	2015年8月27日　第一版発行
著　者	きびのたくみ
発行者	田中康俊
発行所	株式会社湘南社　http://shonansha.com 神奈川県藤沢市片瀬海岸3-24-10-108 TEL　0466-26-0068
発売所	株式会社星雲社 東京都文京区大塚3-21-10 TEL　03-3947-1021
印刷所	モリモト印刷株式会社

ISBN978-4-434-20904-8　C0095